S.F.

V.

Evelyn Schlag

Touché

Erzählungen

S. Fischer

Umschlaggestaltung: Buchholz / Hinsch / Walch
Satz: Photosatz Amann, Aichstetten
Druck und Einband: Franz Spiegel Buch, Ulm
Printed in Germany 1994
ISBN 3-10-070209-3

Touché

Stoffwechsel

Am Vormittag war eine pensionierte Krankenschwester zu Besuch gekommen. Sie hieß bei uns allen Schwester Frieda, so, wie sie im Krankenhaus geheißen hatte und wie sie sich zweifellos ihr Leben lang auch selber nannte. Sie war einmal für ein Jahr verheiratet oder auch bloß verlobt gewesen. Das war vor dem Krieg, 1937, als sie zu einem Witwer nach London zog, der drei Kinder hatte. Sie sorgte für die Kinder, sie sorgte für den Witwer, sie kam zurück, als Hitler die Tschechoslowakei überfiel, und ging wieder ins Krankenhaus zu den Leuten, die sie abends nur sehen mußte, wenn sie Nachtdienst hatte. Nach dem Essen bei uns würde sie kurz die Station besuchen und mit den Schwestern, die sie von früher her kannte, ein wenig tratschen. Nicht zu lang, weil sie wußte, daß immer zuviel zu tun war. Sie erzählte von dem alten EKG, von der einen geistlichen Schwester, die es mit einem Arzt getrieben hatte, aus dem Orden ausgetreten und jetzt verheiratet war. Sie saß bei meiner Mutter in der Küche und erzählte. Vielleicht schälte sie auch Äpfel für ein Kompott oder schnitt Bohnen oder trocknete ab.

Als ich von der Schule heimkam, war sie da. Ich hatte gewußt, daß sie kommen würde, hatte es am Vormittag aber vergessen. Ich mochte sie immer wieder sehr gern, wenn sie nicht gerade versuchte, mir ein Schuldgefühl zu machen, weil ich meiner Mutter zuwenig im Haushalt half, die doch nun zukkerkrank war und auf ihre Diät achtgeben mußte. Sie wußte Geschichten von Patienten, die trotz dieser Krankheit darauf bestanden, zum Frühstück Honig zu bekommen. Ihre kleinen Ringe an den langen Ohren bebten, wenn sie von solchen Zumutungen sprach. Meine Mutter hatte Marillenknödel gemacht, in zwei Portionen, die einen mit einem Zuckerstück anstelle des Marillenkerns in der Mitte für mich und Schwester Frieda, die anderen ohne Zucker, mit dem Kern, in einem Extratopf. Vielleicht hatte Schwester Frieda meiner Mutter zu dieser besonderen Vorsicht geraten. Was sollte aber schon passieren? Der Zucker würde nicht durch die Frucht und durch den Teig ins Kochwasser dringen, und den aufgeschnittenen Knödel konnte man austauschen. Ich kannte nichts anderes als diese süßen, im Innersten wie Marmelade weichen Marillenknödel und bedauerte meine Mutter, die die saure Frucht vom Kern schneiden mußte. Die Kerne lagen mit häßlichen Fransen wie Verbrecher am Tellerrand aufgereiht.

Ich war dreizehn. Ich wuchs und nahm nicht zu. Im Turnen sah man meine Rippen, der schwarze Turnanzug klebte wie eine Fledermaushaut auf mir. Meine Beine waren viel zu dünn, die Kniescheiben standen vor. Auf meinem linken Knie war ein kleiner heller Fleck von einem Sturz in den Kies, ich war den Schulweg am Graben hinuntergerannt und hingefallen, dort, wo mein Großvater einen Schwarzweißfilm mit mir gemacht hatte, als ich fünf war. Die Wunde hatte zu eitern begonnen, und ich mußte einen Verband tragen. Ein Bekannter meiner Tante besuchte mich und brachte mir einen Stoß Ansichtskarten für meine Sammlung mit. Da er mir als Dr. Stöger vorgestellt wurde, dachte ich, er sei Arzt wie mein Vater, und wartete darauf, daß er sich mit meinem Knie beschäftigen würde. Aber er sagte nur, wie arm ich sei, und wie tapfer, und daß er mir seine Ansichtskarten schenke. Später stellte sich heraus, daß er Jurist war. Meine Arme waren ebenso dünn und gerade wie meine Beine. Die Haare trug ich kurz, seit ich zur Schule ging und ein Junge mich an den Zöpfen gezogen hatte. Er war ein armes Kind, das in den Baracken wohnte und dessen Vater keine Arbeit hatte. Der Junge trug immer ein graues Sakko, aus dem seine Brüder herausgewachsen waren. Wenn man näher kam, stank er, und Flecken auf dem Sakko wurden sichtbar. Zum Kinderfasching in der Schule erschien er in seinem üblichen Gewand, auf dem Kopf trug er einen hohen Zylinder aus weißem Packpapier, in das zwei Löcher geschnitten waren. Als wir ihn fragten, was er sei, sagte er aus seinem Zylinder heraus mit einer dunklen Stimme: »Ich bin eine Kerze.« Er ging den ganzen Vormittag mit seinem steifen Kopf herum und beschwor uns mit diesem einen Satz. Irgendwann mußte ich weinen. Aber ich zeigte es ihm nicht. Er war schuld dran, daß ich meine wunderbaren, bis ans Kreuz reichenden Zöpfe abschneiden ließ. Der Friseur hatte sie, ehe er hineinschnitt, gelöst und zu einem Zopf geflochten. Wie dem Tod geweihte Königskinder hatten sie sich ineinander verschlungen, Gesicht zu Gesicht. Etwas in mir nahm Abschied – vom Träumen im Garten, in der Sonne beim warmriechenden Holz. Als würde es das nie wieder geben: süße Stunden auf der Zunge schaukeln. Als ich vom Friseur heimkam, sah mich mein Vater nur kurz an, dann drehte er sich weg. Ich getraute mich nicht einmal, ihm den abgeschnittenen Zopf zu zeigen, der in Seidenpapier gewickelt in einer Schachtel lag wie eine vollgefressene, tote, dunkelblonde Schlange. An der Spitze, wo nur ein dünnes

Schwänzchen übriggeblieben war, waren die Haare ganz blond.

Wenn ich Dame spielte, in den zu großen Stöckelschuhen meiner Großmutter, in denen ich nach vorn rutschte, mit einem Kleid, das mir bis zu den Zehen ging oder sich am Boden aufstellte, legte ich mir den Zopf über die Schulter vor, hob den Kopf, schloß die Augen halb und stellte mir vor, eine berühmte Tänzerin zu sein. Wenn ich den Kopf drehte, sah ich den kahlen Nacken. Ins Dekolleté steckte ich die zusammengeknäuelten Chiffontücher meiner Großmutter, dunkelblau, dunkelviolett. Manchmal band ich sie mir auch um Mund, Nase und Stirn und spielte eine Haremsdame. Ich trainierte meinen Blick zwischen den dunklen Tüchern. Da ich nicht sprechen durfte, mußte ich lernen, alles mit den Augen zu sagen. Willst du mich befreien aus diesem Gefängnis, o fremder heller Gast? Meine Dienerin wird dir den Weg zeigen, aber du darfst dir nichts anmerken lassen. Mein Blick stand still, während hinter den schwarzen Pupillen ein Wald brannte. Ich lenkte meinen Blick ein wenig zur Seite, damit der fremde Gast Zeit hatte, seine Ruhe wiederzuerlangen. Ich mußte genauso für ihn fürchten wie für mich. Unter dem Schleier, der meinen Kopf verbarg, war ich fast kahlgeschoren. Aber ich hatte meinen dunkelblonden Zopf mit der hellen Spitze heimlich aus dem Gemach meines schrecklichen Herrschers gestohlen und unter meinen vielen Haremsgewändern versteckt.

Ich half, den Tisch auf der Terrasse zu decken. »Wir können alle Wasser trinken«, sagte Schwester Frieda. Dann erzählte sie irgendeine Bergsteigergeschichte aus dem Lungau. Sie fuhr seit Jahren in einen Ort namens Mariapfarr, wo sie auf einem Bauernhof in einem winzigen Zimmer wohnte, das sie sich mit ihrer Krankenschwesternpension leisten konnte. Sie brauchte viel Geld für ihre Fahrten in die Oper nach Wien. Ich kannte diese Bergsteigergegend im Lungau von ihren Ansichtskarten, die sie mir schon geschickt hatte, und von den Alben, in denen sie jede Tour festhielt. Jede Liftkarte, jede Eintrittskarte in ein Heimatmuseum, jeden Prospekt, jede Hüttenrechnung. In ihrer steilen Schrift, mit der sie die Vorfälle während der Nacht auf der Station vermerkt hatte, zeichnete sie auf, wie das Wetter gewesen war, wen sie getroffen hatte, wann sie aufgebrochen, wann sie zurückgekehrt war. Ich mochte diese Alben, weil hier alles so geordnet war, ganz im Gegensatz zu den chaotischen Kochbüchern meiner Mutter, in denen Dutzende handgeschriebener Rezepte staken – mit verschiedenen Handschriften, ihre eigene, die von Freundinnen, die meiner Großmutter. Lauter verschiedene Papiere. Aus jedem Kochbuch standen sie hervor, umgebogen, mit verschmutzten Rändern. Die Kochbücher verschlampten in einem viel zu großen Fach, in dem keine Ordnung zu halten war, auch wenn man Sinn dafür gehabt hätte. Manchmal öffnete Schwester Frieda die Tür zu diesem Fach unter einem Vorwand. Sie vermutete etwa die Backfolie darin, die meine Mutter gerade benötigte, aber sie tat es nur, um sich den Anblick der kreuz und quer hineingezwängten Kochbücher und Zeitschriften zu gönnen. Dann schloß sie mit hochgezogenen Augenbrauen die Tür, kräuselte die Lippen und schüttelte den Kopf. Ich hatte selbst ein paarmal versucht, Ordner und Mappen für die Rezepte anzulegen, die immer mehr wurden, seit meine Mutter aus *Brigitte* und *Für Sie* die Serienrezepte ausschnitt. Nach solchen stummen Zusammenstößen mit dem Chaos brachte Schwester Frieda das Thema gern auf die Zukkerkrankheit. Ich ahnte, daß ein Zusammenhang bestand. Daß meine Mutter aus Schlampigkeit krank geworden war.

Kein Wunder, daß die Tür zu diesem Fach nicht zu schließen war. Man konnte dagegentreten, und sie kam einem immer wieder ein Stück entgegen.

Ich gewöhnte mir an, die Küchenfächer meiner Mutter zusammenzuräumen. Ich band mir eine Schürze um und füllte mich mit dem Geist meines Vaters. Meine Augen wurden speerlang und reichten bis in die staubigen Ecken der Laden. Ich stand offiziell vor dem Kasten mit den Schubladen. In der obersten Lade die großen Messer, sie bestanden die Prüfung, sie wurden offenbar oft genug benützt. Aber die Geflügelschere. Ich hatte meine Mutter beobachtet, wie sie sie mit Papier abwischte und dann erst wusch. Ich fuhr die Klingen entlang, roch an meinen Fingern, sie glänzten und stanken nach einem Gemisch aus Huhn und Metall. An der Gelenkstelle konnte man schwarze Schmiere herauskratzen. Der Kartoffelschäler hatte Flecken, der Griff wackelte. Die Korken und Verschlüsse machten mir immer Sorgen, weil sie lose herumrollten und alles durcheinanderbrachten. In der zweiten Lade war das feine Besteck. In der dritten das gröbere – Kochlöffel, Schneebesen, Quirl, sperriges Zeug. Es hätte eigentlich der Größe nach geordnet werden müssen, aber das hatte keinen Sinn bei meiner Mutter. Diesen Satz sagte ich mir öfter mit der Stimme meines Vaters vor. Aber erst mit den untersten drei Laden öffnete sich mir die ganze Lust der Katastrophe, denn hier war alles hineingepackt, was sich keinem Oberbegriff beugen wollte. Blechformen zum Keksausstechen, aufgerollte Schnüre, Tablettenschachteln flach wie meine Brust, Gummiringe, Zahnstocher, als spielte dauernd ein Zwerg Mikado in der Lade. Ich begriff nie, warum diese dünnen hölzernen Stäbchen aus Finnland kommen mußten. Etiketten für Marmeladegläser, die schon so lange drin waren, daß der Klebstoff auf der Rückseite trocken geworden war. Ich strich mit einem Finger über meine Zunge und über eins der blauumrandeten Schilder. Ich verwendete solche Schilder auch für meine eingeschlagenen Schulbücher. An der Rückseite der drei untersten Laden stauten sich Papiersäcke, die wie Lampions gefaltet waren und verhinderten, daß man die Laden ganz schließen konnte. Ich strich die Papiersäcke glatt und knickte sie in der Mitte, wenn sie größer waren. Schon oft hatte ich die unterste Lade ausschließlich für Papiersäcke bestimmt. Aber bald war wieder ein Deckel für ein Marmeladeglas drin oder ein Stoß Papierservietten, die alle eine Ecke umgebogen hatten. Meine Wangen strafften sich, als wüchse mir eine festere Haut. Im Hals spürte ich, wie sich alles empörte darüber, daß mit dem Geld, das ich nach Hause brachte, nicht besser Ordnung geschaffen wurde. Schließlich verdiene ich das Geld auch dafür, daß man in diesem Haus findet, was man sucht. Aber das ist ja sinnlos, hier etwas zu suchen. Und selbst wenn man es einmal gefunden haben sollte, ist es beim nächsten Mal garantiert woanders. Als stecke ein System dahinter. Die ersten zehn Zentimeter der Alufolie zerknittert, weil sie einfach so hineingeschmissen wird, hineingestopft und fertig. Hier wird ja alles einfach überall hineingestopft.

Ich spürte, wie das Zeug in den Laden mit meiner Mutter verbündet war, um meinen Vater zu empören. Sie hatte das alles zur Hand. Ich öffnete eine Lade und sagte nur: »Bitte.« – Dieses »Bitte« trug den Triumph des Beweises. Ich hatte hundertmal gesagt, wie es zu machen war. Mein ganzer Beruf gründete auf Ordnung, auf Exaktheit, auf diszipliniertem Umgehen mit Werkzeugen, Operationsinstrumenten, sauberen Messern, sterilen Nadeln.

Meine Mutter trank Wasser, weil sie mußte, Schwester

Frieda trank Wasser, weil sie Verständnis hatte für meine Mutter, und ich trank ein Glas Wasser nach dem anderen, weil ich großen Durst hatte. Ich drückte meine Scham fest gegen das Kissen der Sitzbank. Ein schrecklicher Juckreiz plagte mich, und ich wusch mich, sooft ich konnte, aber nichts half. Ich war die letzten zwei Abende ein paarmal aufgestanden, so leise wie möglich, und ins Badezimmer geschlichen, wo ich aus den Händen und mit geneigtem Kopf direkt vom Strahl trank. Zwischendurch hatte ich mich immer wieder gewaschen. Mein Pyjama hatte feine Blutspuren dort, wo ich mich in meiner wütenden Angst gekratzt hatte. Ich hatte am Morgen versucht, die Spuren aus dem Pyjama zu waschen, den Pyjama unter die Decke gelegt und gehofft, er würde bis zum Abend trocknen. In der Schule war ich nach jeder Stunde auf die Toilette gegangen, hatte mich gekratzt, die Oberschenkel zusammengekniffen und lautlos geschrien, aufhören, aufhören, aufhören! Eine Weile verschaffte es mir Erleichterung, wenn ich mit fest übereinandergeschlagenen Beinen wie eine Bronzestatue saß. Ich jagte meinen juckenden Schmerz zurück in mich hinein, in ein unbekanntes Gebiet, das ich mit mir herumtrug und das einen Aufstand machte, eigene Gesetze ausgerufen hatte. Mir tat nichts weh außer diesen aufgekratzten Spuren, wo ich die Peiniger bis aufs Blut verfolgt hatte. Ich dachte voll Haß an meinen blauweißgestreiften Pyjama zu Hause. Ich zog mir im Geist die Hose so weit hinauf, bis sie mich einschnitt, dort, wo es schon wieder so juckte. Könnte ich dieses Jucken zerreiben wie ein lästiges Insekt. Ich stellte mir eine Ameise vor, die sich auf mir verirrt hatte und die sich festbiß.

Am Wochenende hatten meine Eltern Gäste gehabt. Ein Bekannter meines Vaters, ein Arzt aus dem Waldviertel, war mit seiner Familie dagewesen. Die Tochter war in meinem Alter. Die beiden Ärzte hatten über ihre Arbeit gesprochen, über ein Projekt, das im Waldviertel aufgezogen werden sollte. Mit der Tochter hatte ich mich gut verstanden. Von meinem Unglück, von meiner ungelösten Qual hatte sie nichts erfahren. Die Mütter hatten über uns geredet und daß ich so dünn sei, weil ich so wachse. Das andere Mädchen wuchs auch, aber es war nicht dünn dabei geworden. Es war in einem Internat in Wien, und wir beschlossen, einander zu schreiben. Wir wetteiferten Woche für Woche miteinander, wer das ausgefallenere Briefpapier hatte. Als sie mich ein Jahr drauf im Sommer besuchte, war ich jemand anderer geworden.

Schwester Frieda musterte mich manchmal von der Seite. »Deine arme Mutter«, sagte sie zu mir. »Ich bin nicht arm«, wehrte meine Mutter ab. Ich wußte nicht, wem ich glauben sollte. Schwester Frieda war Krankenschwester gewesen und mußte es wissen. Andererseits hatte sie keine Kinder und war auf irgendeine Weise nicht würdig für den Zeugenstand. Meine Mutter sprach nie abfällig über die Kinderlosigkeit der Schwester Frieda. Es war aber etwas Distanziertes um diese Frau ohne Verwandte, eine Loyalität jemandem gegenüber, den wir nie zu Gesicht bekommen würden, weil nur sie zu ihm Zugang hatte. Es war nicht der englische Witwer mit seinen drei Kindern, diese verstümmelte Familie, die immer irgendwie gleich alt blieb, es war etwas den Nonnen Vergleichbares, aber eben auch nicht Gott. Wie sie ihre Ausweise in die Handtasche steckte, wie sie Vollkornbrot statt Semmeln aß, wie sie einen kleinen Regenschirm bei sich trug, das hatte alles damit zu tun, das waren alles nicht einfach die Dinge, die ein anderer auch hatte, sondern Requisiten ihres strengen, aber nicht katholischen, auch sonst nicht konfessionell gebundenen Glaubens. Natürlich war sie katholisch und kannte ihren Herrgott, aber das war es nicht. Deine arme Mutter.

Ich saß mit steifem, geradem Rücken beim Essen und preßte meine Schamlippen, für die ich keinen Namen hatte, mit angespannten Schenkeln auf die Bank. Die Marillenknödel ließen ihren süßen Saft aus sich herausrinnen, der zergangene Zucker schmierte sich wie Honig in das weiche Fleisch der Frucht. Ich spießte ein Stück auf, drückte es in die angerösteten Brösel und dann noch in den weißen Zucker. Mein Vater hatte Dienst im Krankenhaus und würde erst am darauffolgenden Nachmittag nach Hause kommen. Schwester Frieda sprach von ihm nur als dem Herrn Assistenten. Solange sie auf der Station gearbeitet hatte, war er noch nicht Oberarzt gewesen. Aber sie sprach es aus wie einen Generalstitel. »Jeder weiß«, sagte sie mit verhaltener Stimme, »daß der eigentliche Chef der Herr Assistent ist, der, der die wirkliche Arbeit macht.« Dann verschloß ihr die Entrüstung den Mund. »Jeder«, brachte sie vielleicht noch heraus. Ich hatte eine Möglichkeit gefunden, unsichtbar auf der Bank hin und her zu rutschen, auf ein paar Millimetern, so, daß es mich ein wenig von dem Drang ablenkte, der meine Hand hinunterziehen wollte, um die Nägel einzusetzen gegen das Fragen und die Stichelei.

Ich versuchte, an meine neue Freundin zu denken, die schon einen Büstenhalter tragen durfte. Ich hatte die Träger durch ihre Bluse gesehen. Ich hatte Angst vor den spöttischen Bemerkungen meines Vaters, sobald ich »mit so etwas anfangen« würde. Einerseits war ich froh, daß ich so wuchs. Immerhin. Ich blieb nicht direkt zurück, aber ich spürte doch, daß irgend etwas in mir noch nicht richtig Ernst machte. Die Zwillinge Andrea und Barbara aus meiner Klasse nahmen schon Lippenstift. Sie wohnten im Internat und bildeten sich mit

Hilfe der älteren Schülerinnen kosmetisch fort. Sie hatten eine eigene Wimpernschere, sie trugen Schuhe mit Absätzen in Orange und Grün, und zwei Jahre später erzählte Barbara, daß der berühmte Schifahrer R., der am Abend zuvor bei einer Sportartikelschau für seine Schifirma Werbung gemacht hatte, aus ihrem Nabel Sekt getrunken habe. Ich wuchs bloß und las, und niemanden außer meine Lehrer interessierte, daß ich las. Ich hatte nicht den Zugang zu der Art von Wissen, die mir bei meinen Mitschülerinnen Achtung verschafft hätte. Ich turnte miserabel, ich war einmal vom Stufenbarren geflogen und hatte ihn nie wieder berührt. Ich haßte alle Turngeräte. Es waren böse, männliche, eiserne Tiere. Erst nach langem gab ich es auf, die Achtung einer besonders guten Turnerin erringen zu wollen, eines wendigen, frechen Eichhörnchens. Sie lachte mich nie aus, zog nur die Lippen ein wenig zurück, so daß ihre kleinen, ganz wenig vorstehenden Zähne zum Vorschein kamen, und machte »Hrrrr«. In der vierten Klasse mußte sie die Schule verlassen, weil sie mehrere Nicht genügend hatte.

»Sind Sie satt geworden, Frau Doktor?« fragte Schwester Frieda meine Mutter. Meine Mutter nickte, aber ich konnte sehen, daß sie log. Sie durfte nicht so lange essen, bis sie satt war. Schwester Frieda lehnte ab, als meine Mutter ihr noch einen Knödel anbot. Im Alter hat man mit weniger genug. Sie nannte meine Mutter immer »Frau Doktor«, bis meine Eltern geschieden waren. Dann teilte sie ihr bei einem Besuch mit, daß sie sie von nun an nur bei ihrem Familiennamen nennen werde. Bis zum Schluß, bis Schwester Frieda starb, waren beide per Sie. Ich stand auf und rannte ins Bad. Ich befühlte mich, roch an meinen Fingern, wusch mich, zog mich um. Schwor, daß jetzt, mit der neuen Wäsche, alles anders werden würde. Ich haßte meinen Vater plötzlich für die böse Lust, die er in mir entzündete – diese Jagd auf die Nachlässigkeiten meiner Mutter, dieses Aufspüren ihrer Unfähigkeit, Ordnung zu halten. Ich sah auf meine Orgien zurück. Ich wußte nicht, ob er auch diesen Ekel spürte, nachher. Ob es ihn vielleicht auch zur Strafe so juckte. Ob das überhaupt etwas damit zu tun hatte oder ob das nur so kam, aus dem Körper, unerklärbar, nicht zu ergründen. Ich konnte mir nicht vorstellen, irgend jemandem davon zu erzählen.

Ehe Schwester Frieda mir sagen konnte, daß ich meiner armen Mutter beim Abwasch helfen müsse, verschwand ich in mein Zimmer. Ich hatte alle freien Wände mit Posters der Beatles zugeklebt. Etwas im Gesicht von Paul McCartney machte mich ganz verrückt nach ihm. Die Lachfalten um die Augen, der Mund. Die Haare. Mein Vater hatte nichts dagegen, nach seinem Urteil handelte es sich ohnedies bloß um Eunuchen mit hohen Stimmen. Ich wußte nicht genau, was Eunuchen waren, aber ich entschuldigte mich trotzdem bei Paul McCartney für meinen Vater. Mein Pyjama war nicht getrocknet, ich konnte ihn aber auch nicht frei herumhängen lassen. Ich holte den Fön, blies ein paar Sekunden damit hin, dann schaltete ich ab, um zu hören, ob meine Mutter komme, dann trocknete ich weiter. Ich prüfte wieder und wieder mein Laken, ob irgend etwas drauf sei, das mir diesen Juckreiz verursachen könnte, aber ich fand nichts.

Ich besaß zwei Singles, *Yesterday* und *Can't Buy Me Love*, die ich mir auf dem Plattenspieler meines Vaters anhörte. Der Plattenspieler stand in einem langen, eigens für das Arbeitszimmer angefertigten Schrank. Man hätte erwarten können, daß in diesem Schrank die vorbildliche Ordnung herrschte. Aber die Laden klemmten, weil sie zu schwer gefüllt waren mit Metallboxen, in denen verblichene Urlaubsdias aus den fünfziger Jahren mit dicken Rahmen waren. Die Tür zum Plattenspieler mußte hochgehoben werden, eine faltbare Tür aus zwei Teilen, die beim Öffnen klemmte und an den Rändern quietschte. Wenn man, wie vorgesehen, diese Tür bei laufender Schallplatte wieder schloß, sprang die Nadel weiter. Man mußte die Tür immer nach oben geklappt offenhalten. Neben den Beatles hörte ich am liebsten die *Feuerwerksmusik*.

Irgendwann läutete das Telefon. Es konnte nicht für mich sein. So kurz nach dem Mittagessen durfte niemand anrufen. Wenn mein Vater zu Hause war, schlief er um diese Zeit, und dann mußte absolute Ruhe herrschen. Auch wenn er nicht schlief und zufällig jemand anrief, der die Hausregeln nicht kannte, tobte er so, als wäre er aufgeweckt worden. Ich hatte eine Technik entwickelt, über die knarrenden Holzstufen aus dem ersten Stock, wo mein Vater schlief und sich auch mein Zimmer befand, lautlos ins Erdgeschoß hinunterzugehen. Ich kannte jede Stufe wie ein Dirigent, der ein bestimmtes Musikstück unzählige Male unter der Hand gehabt hatte und über alle seine Tücken, alle seine Möglichkeiten Bescheid wußte. Nur daß ich das absolute Schweigen dirigierte. Ich konnte es schneller und langsamer. Ich konnte es mit Überspringen einzelner Stufen, ich konnte es aber auch zelebrieren und jede Stufe nehmen. Wenn sich etwas rührte, eine Diele weiter unten knackte, auf die ich noch gar nicht getreten war, erstarrte ich. Manchmal hockte ich mich langsam nieder. Ich wartete, ohne zu atmen, bis mir das Treppenhaus entgegenpochte. Das Treppenhaus zog mich hoch, und in seinem dichten, undurchdringlichen Schutz floh ich die Treppe hinunter.

Ich wußte wenig, fast gar nichts von den Befehlen anderer Väter. Wenn ich bei einer Freundin zu Besuch war und ein Mann auftauchte, der den Kühlschrank öffnete und eine Flasche Bier herausnahm oder mit einer Zeitung durch die Wohnung ging, erwartete ich, daß wir irgendein Gesetz gebrochen hatten. Die Zeit nach dem Nachhausekommen der Väter mied ich für Besuche. Ich durfte ohnedies nur selten von zu Hause weggehen. Wurde es einmal später Nachmittag, fragte meine Mutter, ob der Vater meiner Freundin schon zu Hause gewesen sei. Mit diesen Männern stürzte die vorwurfsvolle Welt ins Haus, schnitten Fragen die Luft messerscharf entzwei. Ich nahm an, daß die Kinder, die ich kannte, am Abend und an den Wochenenden durch dieselbe Strömung in die Nacht schwammen. Mein Vater war sehr angesehen, die Leute himmelten ihn an. Er hatte jedes Recht, auf seiner Mittagsruhe zu bestehen und alle zu vernichten, die ihm seine Erholung schwermachten. Auch sein Schlaf war Arbeit. In dieser Mittagsstunde arbeitete er in seinem Schlafzimmer daran, daß er die nächsten mühevollen und kräfteraubenden Tage überstehen würde, die Operationen auf Leben und Tod, den Kampf um seine eigene Station, den er jahrelang führte. Das eine gelang , das andere nicht.

Ich hatte niemanden, dem ich hätte sagen können, daß mich etwas an den Beinen auseinanderzureißen drohte, entweder diese beißende, kribbelnde, schleichende, unsichtbare Nadel, die auf mir nach Belieben herumzeichnete, oder ich selbst, mit meinen Fingern, mit der ganzen Hand, mit einer scharrenden, wild grabenden Tatze. Wenn ich mich meiner Mutter anvertraut hätte, wäre gewiß die Welt zusammengebrochen. Ich konnte mir keine Erklärung vorstellen, die mich ruhig, geheilt, erlöst hätte zu Bett gehen lassen. Vielleicht verschwand die Frage, wenn man sie nicht stellte. Ich hatte Angst, meine Mutter könnte mich meinem Vater verraten und er würde mit einem seiner schrecklichen Urteile über mich herfallen. Wenn ein Bauernkind unter einen Traktor rutschte, verlor es für immer ein Bein. Wenn jemand von einem Baugerüst fiel, verblutete er an einem Milzriß. Mein Vater log nicht, denn ich sah die brandigen Wunden, die Krater, die mit Klammern aufgespreizten Bäuche auf den Titelseiten der Fachzeitschriften, die ins Haus kamen. Einmal nähte mein Vater einem Mann die baumelnde Hand wieder an, Sehne für Sehne, Nerv für Nerv. Ein paar Monate später erhielt er eine Ansichtskarte, die der Patient mit der angenähten Hand geschrieben hatte. Mein Vater war stolz, mich machten die eckigen Schriftzüge traurig, die aussahen, als lernte ein Roboter gerade schreiben. Die Fachzeitschriften drehte ich manchmal um, so daß ich die Bilder nicht sehen mußte. Wenn ich sie doch durchblätterte, ließ ich mich von den Fotos quälen. Ich spürte, daß das etwas Verbotenes war, eine Brust aufzuschneiden, eine Narbe quer über die Brust zu machen, das Glied eines Mannes zur Seite zu legen und daneben eine Naht die Leiste hinunterzuführen.Ich las die Legenden, aber die Wörter stießen mich nur noch weiter zurück in mein Unwissen, mein Ahnen, mein Grauen. Der Körper, dies Nächste, konnte durch fremde Hände so verändert werden, daß man nie wieder wie alle anderen Menschen aussah. Die fremden Hände, die schnitten, drückten, quetschten – sie zerstörten die Unschuld, etwas, wofür mir wiederum der Name fehlte. Man wurde entehrt durch Unfälle, Operationen, Verstümmelungen. Vielleicht begann es mit diesem Jucken, mit diesem Wimmeln unsichtbarer, winziger Armeen.

Ich schlug mein Mathematikbuch auf, um die Hausaufgaben zu machen. Jede Aufgabe hatte eine Nummer, im hinteren Teil gingen diese Nummern schon in die Tausend. Manche Nummern mochte ich, andere waren böse Zahlenkombinationen, und das verhinderte, daß die dazugehörigen Aufgaben zu lösen waren. Ich hatte Angst vor den unlösbaren Aufgaben. Sie waren diejenigen, die gewiß bei der nächsten Klassenarbeit kommen würden. Sie wichen auf irgendeine Weise von dem ab, was wir gelernt hatten und worauf wir uns verließen. Sie waren Fremde. Sie funktionierten nach unbekannten Gesetzen. Selbst wenn sie leichter zu lösen waren als erwartet, leichter als die guten Nummern, machte das keinen wirklichen Spaß und versöhnte nicht. Ich kringelte die Nummer jeder gelösten Aufgabe ein. Vor die anderen machte ich Fragezeichen, die meine Ruhe, das einheitliche Bild auf der Seite störten. Ich haßte es, nachdenken zu müssen. An jenem Nachmittag konnte ich mich nicht konzentrieren. Ich kratzte mich mit dem Bleistift, mit dem Lineal, mit den Fingernägeln, ich atmete laut aus und merkte, daß sich meine Augen mit Tränen füllten und ich im Begriff war, loszuheulen. Ich schneuzte mich, würgte die drohende, unbekannte Antwort meines Vaters hinunter und nahm mir vor, tapfer zu sein, nichts mehr zu spüren, nicht mehr darauf zu achten. Die Mathematikaufgabe würde mich aus dem Bann befreien. Ich schrieb die Nummer, unterstrich sie, schrieb die Aufgabe ab, was ich sonst nie tat. Meine Füllfeder drückte sich tief ins karierte Papier meines Hausaufgabenheftes. Wenn ich umblätterte, konnte ich auf der Rückseite die reliefartige Schrift entlangtasten. Ich führte dankbar jeden Rechenschritt aus, versuchte, mit den Gedanken ganz in der Aufgabe zu bleiben und mich nicht wegholen zu lassen, unter den Tisch, wo ein Ungeheuer lauerte, für das ich mir keine Umrisse vorstellen konnte. Ich wußte nur, daß es, sobald ich eine Frage stellte, bestimmte Züge annehmen würde und nie mehr aus der Welt zu schaffen wäre.

Ich kehrte zurück in den Nachmittag auf der Terrasse, in ein Gespräch über Raglanärmel, die gerade nicht in Mode waren.

Schwester Frieda konnte nur Knöpfe annähen oder eine aufgegangene Naht zusammennähen – aber das reine Nähen war eine Kunst, die sie nicht beherrschte. »Diese Kunst beherrsche ich nicht«, sagte sie, und es klang, als wüßte sie dafür viele andere, wichtigere Dinge. Schwester Frieda hatte ein Stück Marmorkuchen, den meine Mutter gebacken hatte, sie selber aß knochenblasse, eingekerbte Löffelkekse, die mit der Bezeichnung »Diabetikerbiskotten« geschlagen waren. Ich spürte, wie meine Mutter dieses Wort haßte. Alles, was mit diesem Wort abgestempelt war, bedeutete mindere Qualität. Die Löffelkekse sahen aus wie Hundekuchen, sie krümelten, wenn man sie auseinanderbrach. Meiner Mutter zuliebe hatte ich sie einmal gekostet, sie schmeckten nicht im entferntesten wie normale Biskotten. Meine Großmutter war nicht dazu zu bringen gewesen, etwas von der Schokolade meiner Mutter zu kosten. Giftig war das Zeug nicht, nur ekelhaft, billig im Geschmack und zugleich doppelt so teuer wie ordentliche Süßigkeiten. »Es hat etwas Russisches an sich«, sagte meine Großmutter. Es gab nur wenig Auswahl – die Schokolade, die Biskotten und etwas, das als Makronen bezeichnet wurde. Wir, die normalen Esser, hätten unsere Kokosplätzchen nie mit diesen Makronen in Verbindung gebracht. Aber meine Mutter mußte froh sein, überhaupt etwas Süßes zu bekommen. Auf der Straße wurde sie einmal von einer älteren Frau angeredet und um Rezepte für deren »schwer zuckerkranken« Mann gebeten. Ich stellte mir vor, daß er überall am Körper schwere Säcke mit Zucker herumschleppe, die man aber nicht sehen konnte.

Wenn ich morgens auf die Toilette ging, stand dort ein Plastikeimerchen, das mit ein paar Blättern Toilettenpapier zugedeckt war. Darin befand sich der Harn meiner Mutter. Ich bildete mir ein, man rieche ihn, und machte das Fenster auf. Der Harn wurde mit einem Stäbchen kontrolliert, das sich von gelb auf dunkelgrün verfärbte, wenn viel Zucker drin war. Wenn zu viel Zucker drin war, würde meine Mutter blind werden und Nierenbeschwerden bekommen. Ich hatte keine Neugier für die Tortur, diese Stäbchen in den Harn zu halten und dann den Grad der Verdammung ablesen zu müssen. Ich beobachtete es manchmal aus den Augenwinkeln heraus und machte mich davon. Noch schlimmer wurde es, als mein Vater ein Mikroskop nach Hause brachte. Zwei Halbkreise, der eine gelb, der andere braun, mußten durch Verstellen auf den gleichen Orangeton gebracht werden. Ich sah, wie meine Mutter das Mikroskop am Hals packte wie einen Truthahn und auf den Tisch stellte, auf den sie eine Zeitung gebreitet hatte. Ich haßte die Tropfen auf der Zeitung. Ich haßte sie, wenn sie naß waren, und ich haßte sie, wenn sie eingetrocknet waren. Am meisten haßte ich diesen kleinen Plastikeimer.

Ich haßte ihn mehr als das Sterilisationsgerät, das in der Küche stand. In diesem verchromten Kasten, der die Größe des eleganten blauledernen Kosmetikkoffers hatte, mit dem meine Mutter aus Amerika zurückgekommen war, wurden die gläsernen Spritzen und die Nadeln sterilisiert. Dieser Kasten war ein riesiger Fortschritt, wie Schwester Frieda sagte. Zu Beginn hatte meine Mutter die Spritzen und Nadeln in einem Topf mit destilliertem Wasser ausgekocht. Man mußte den Kolben aus der Spritze ziehen, damit sie überall gereinigt werden konnte. Die hohlen Spritzen lagen mit ihren dazugehörigen Kolben auf einem Rost, die Nadeln in einer Tasse, die eingehängt wurde. Man durfte sie nur mit der Pinzette greifen. Die Spritzen konnte man mit der Hand zusammensetzen. Mit diesen kleinen, blitzenden Instrumenten, die keinen

Widerspruch duldeten, war etwas von der gefährlichen Krankenhauswelt meines Vaters in unser Haus eingedrungen. Wenn meine Mutter krank geworden war, weil sie so schlampig war, dann war es nur folgerichtig, daß diese Krankheit mit der Ordnung, der Unerbittlichkeit meines Vaters bekämpft wurde. Einmal vergaß meine Mutter, den Sterilisationsapparat nach der vorgeschriebenen Zeit wieder auszuschalten. Als sie draufkam, daß das Gerät noch immer heizte, rannte sie in die Küche, ich hinter ihr her, riß den Deckel mit spitzen Fingern auf und schrie. Einige Spritzen waren zersprungen. Sie nahm ein Geschirrtuch und drosch auf den Küchentisch ein. Am liebsten hätte ich das Gerät, aus dem heiße Dampfwolken aufstiegen, auf eine große Schaufel genommen und weit zur Tür hinausgeschleudert, auf die Straße, wo es sich überschlagen und mit ein paar häßlichen Sprüngen in eine Hecke rollen würde. Dort könnte es dann auskühlen, verrosten, zerfallen. Niemand würde sich noch mal mit solcher Angst und Sorge darum kümmern, wie meine Mutter es alle paar Tage machen mußte. Sie schlug den Küchentisch. Ich sah sie zum erstenmal solche wütenden Schläge austeilen, überhaupt zum erstenmal zuschlagen. Sie heulte laut, fluchte, wimmerte, drosch, drosch, fiel eine tiefe, nicht zu ihr passende Tonleiter hinunter. Ich wußte nicht, wie ihr zu helfen war. Ich weinte mit, weil ich Angst hatte, sie könnte an dieser Verzweiflung sterben. Ich wußte, daß mein Vater sie nicht trösten würde. Ich wußte nicht, was sie mehr fürchtete – ihre Krankheit oder meinen Vater. Es wäre mir nicht in den Sinn gekommen, daß sie auf meinen Vater losdrosch, auf seine verfluchten Geräte, die ihr das Leben erleichterten, auf seine Systeme, auf seine Ablagen, auf seine Ordner, auf seine Korrespondenz, auf seine Fachzeitschriften, die nach Jahrgängen geordnet tiefe Regale im Keller füllten, auf seinen Briefmarkenkatalog, der jedes Jahr neu herauskam. Auf seinen Rücken, den man als erstes sah, wenn man es wagte, sein Arbeitszimmer zu betreten.

»Der Vater hat angerufen«, sagte meine Mutter. »Wir sollen wieder einmal eine Harnzuckerkontrolle machen.« Schwester Frieda assistierte ihr: »Zur Sicherheit, damit man sich keine Vorwürfe machen muß.« Sie sah mich an mit ihrem selbstbewußten, dienenden Gesicht, das immer im richtigen Augenblick die sterilen Wörter bereit hatte. »Es ist wichtig, daß du deinen Harn öfter kontrollierst.« Ich konnte das schon nicht mehr hören – *deinen Harn*. So, wie mein Vater zu meiner Mutter sagte: »Du mußt *deinen Harnzucker* in den Griff bekommen.« Ich träumte meine Hand dorthin, wo es mich juckte, wo der Alarm wild tickte. Ein paar Minuten später war ich überführt. Ich weinte hemmungslos, als meine Mutter und Schwester Frieda mich aus dem Badezimmer geleiteten. Es gab keine mildernden Gründe. Über mich wurden tägliches Spritzen, Diät und Kontrollen verhängt. Mein Stoffwechsel versuchte weiterhin, Zucker in meinen Harn zu treiben. Das Jucken hörte auf.

Ein Dauertropf für die Wüste

Das Mädchen, neben dem ich in der Klasse saß, hatte noch nie davon gehört, daß man auf Steinobst kein Wasser trinken dürfe. Mir hingegen war völlig klar, daß sich eine Mißachtung dieser Grundregel mit schweren Bauchkrämpfen rächen würde, mit Erbrechen und vielleicht auch mit Durchfall. Ich hätte es nicht gewagt, das Schicksal so dumm herauszufordern. Eine andere Regel meines Vaters, der es wissen mußte, weil er Arzt war, hatte ich ohnedies schon heimlich verletzt. Ich hatte einen Pfirsich mit der Haut gegessen.

Ich wußte, daß die Pfirsiche aus Italien kamen. Und ich wußte, wie es dort um die hygienischen Bedingungen stand. Auf der Fahrt nach Lignano, unserem einzigen Familienurlaub, hatten wir auf dem Brenner Station gemacht, und meine Mutter war mit mir zu den Anlagen gegangen, die die Italiener *gabinetti* nannten. Wir öffneten die Tür zu einer Koje mit einer niedrigen Steinumfassung auf dem Boden, über der man hocken sollte. Der Boden war naß, es sah aus wie in einem verdreckten Stall, und es roch abscheulich. Aus diesem Land kamen die hellgrünen Pfirsiche mit dem rosa Flaum, die länglichen fleischigen Tomaten, die Paprika, gelb und rot wie ein Sommerkleid. Alles, was eine Frucht umschloß, war zu ihrem Schutz da und mußte entfernt werden, ehe man sie aß. Das galt für die von Bakterien strotzenden Südfrüchte genauso wie für die einheimischen Äpfel und Birnen. Kleineres Steinobst wie Kirschen und Zwetschken, das man nicht schälen konnte, ohne die Frucht dabei zu zerstören, mußte wohl oder übel mit der Haut gegessen werden.

Als ich zum erstenmal einen ungeschälten Pfirsich aß, kam mir seine Hülle wie eine ziemlich fest gewordene Milchhaut vor. Aber die Pfirsichhaut jagte mir nicht diese Ahnung von tierischen Drüsen, von Euter und aus dem Körper herausgequälter Schleimhaut ein. Die Pfirsichhaut blieb eine Pflanze. Sie schmeckte ähnlich fleischlos wie eine Hostie, die sich allmählich mit dem Speichel vollsog. So, wie die Hostie kein Mensch war, so war der Pfirsich kein Tier.

Die paar Male, da ich mir den Magen verdorben oder eine Darmgrippe geholt hatte, lernte ich das Erbrechen fürchten. Es war die Apokalypse meines Körpers. Über die schäbigen bröckligen Reste gebeugt, die in der Toilettenschüssel schwammen, den säuerlichen Höllenfaden vom Magen bis auf die Zunge, glaubte ich, das würde nie wieder gut. Zwischen dem kranken und dem gesunden Leben tat sich eine Kluft auf. Man hatte sich durch ein Vergehen, eine Unachtsamkeit oder eine dumme Spielerei in diesen Zustand katapultiert. Ich glaubte, mit den lauwarmen Schlucken Kamillentee, dem Eckchen Zwieback bräche eine andere Zeit an, in der ich mich nur noch bißchenweise von einem Tablett, das auf dem Stuhl neben meinem Bett stand, ernähren würde. Auch wenn ich es immer wieder geschafft hatte, traute ich mir die Befreiung aus dieser Gefangenschaft nie zu. Es hing von einem mir nicht zugänglichen Ratschluß ab, ob ich wieder Kraft in meine vom Erbrechen zittrig gewordenen Knie bringen würde, ob ich wieder normal gekleidet auf die Straße gehen könnte, zurückkehren in die Schule, ins Klassenzimmer.

Falls ich irgendwann hätte vergessen wollen, daß mit den menschlichen Körpern nicht zu spaßen war, so wurde diese Gefahr eines Tages für immer gebannt. Ich wurde zuckerkrank. Von Beginn meiner Krankheit an machte man mir klar, daß es dafür keine Heilung gebe. Ich glaubte es sofort. Keine Erfahrung mit meinem nach jeder Grippe, nach den Kinderkrankheiten wieder zurückgekehrten Körper war stark genug, um auch nur in Gedankenspielen gegen diese Gewißheit anzutreten. Ich hielt mich nicht damit auf, mir eine Besserung, eine Heilung auszumalen. Wenn mich daher jemand barmherzig fragte, ob es später *besser würde*, sagte ich wahrheitsgetreu darauf: »Das wird nie besser werden.« Ich wußte, wovon ich redete, wenn ich solche erwachsene Weisheit für mich beanspruchte. Ich hatte dieses Gefühl, in eine andere Welt gestoßen zu sein, oft genug erlebt. Es war nur logisch, daß man einmal darin bleiben mußte. Jedesmal, wenn solche schweren Worte gewechselt wurden, spürte ich dennoch, wie ich eine andere wurde und wie die freundlich-hilflosen Erwachsenen mir dabei zusahen. Egal, wie lange ich mit der Krankheit schon lebte, diese Verwandlung trat immer ein, wenn ich mich vor ihnen verdammte, wenn ich ihnen jede Hoffnung auf ein gutes Ende nahm.

»Wird das einmal besser werden?« fragten sie mitunter auch, als hätte ich einen unerzogenen Dämon im Körper, den ich mir nur mit viel Geduld zurichten müßte, dann würde er sich schon zu benehmen wissen. Ich war nicht einfach ein dreizehnjähriges Mädchen; ich war ein dreizehnjähriges Mädchen, in das ein böser Geist gefahren war, der immer mitkam, wenn man mich einlud. Der Geist bestimmte, was gegessen wurde. Der Geist schaffte es ohne ein Wort, daß sich eine gutmeinende Tante in Grund und Boden und in ihre Küche zurück schämte, weil sie eine Zuckerdose auf den Tisch gestellt hatte. Mir machte die Zuckerdose nichts aus, ich trank den Kakao auch ohne Zucker sehr gern. Aber der Geist war gekränkt und verströmte seine Verletzung. Er war versöhnt, wenn das widerliche Kandisin, diese süßen Krankheitstablettchen, angeboten wurde. Der Wilde in dem Mädchen hielt auf Etikette. Er versuchte, das Mädchen auf seine Seite zu ziehen, indem er vorzeigte, wie man die Erwachsenen, manche, mit Schuldgefühlen beschoß. Es brauchte nicht viel, ein kurzes Schnüffeln an der Milch, nein, sie ist schon in Ordnung, mir war nur kurz so, sie ist schon in Ordnung. Ich mußte jetzt noch viel mehr als früher achtgeben, daß ich mir nicht den Magen verdarb. Wenn ich von etwas Verdorbenem kosten, einen Schluck Milch zu mir nehmen würde, die schon einen Stich hatte, einen Löffel sauergewordene Suppe, würde mein Stoffwechsel entgleisen. Mit Kamillentee und Zwieback wäre es dann nicht abgetan. Ich müßte an den Dauertropf. Ich durfte nichts riskieren, und der Dämon paßte mit mir auf.

War der gesunde Körper schon überall bedroht gewesen, hatten auf jedem Ausflug Abhänge und Blitzschlag, rasende Stiere und das Gift der Wespen gedroht, so spielte sich die horchende und äugende Vorsicht nun mit gutem Gewissen in den Vordergrund. Denn alles, was passieren konnte, würde jetzt schlimmere Folgen haben als zuvor. Entzündungen würden langsamer heilen. Hatte bisher gegolten, daß man schlimmstenfalls Tetanus bekommen konnte, wenn Schmutz in Wunden geriet, so schien die Zuckerkrankheit jetzt alle anderen Krankheiten geradezu herbeizuwinken. Die Zuckerkrankheit war die Einfallsschneise für alles andere. Frakturen würden durch die mit ihnen verbundene Bettruhe den Glukosespiegel ansteigen lassen, *den Zucker* schwerer regulierbar machen. Andererseits konnte jede körperliche Überanstrengung, jede Leistung, die den von der morgendlichen Insulindosis vorgegebenen Bewegungsrahmen sprengte, in eine gefährliche Unterzuckerung führen, den *Hypo*. Das Medikament, das meine Krankheit im Zaum halten, den Zucker dämpfen sollte, marschierte stur durch meine Blutbahn und verlangte Beute, wenn ich uns etwas zumutete, das gegen die Abmachung verstieß. Im Hypo wurden mir die Knie so zittrig wie sonst nur beim Erbrechen, ich schlotterte, schwitzte, die ganze Kraft verlief sich. Ich bekam die Erlaubnis, während des Unterrichts zu essen, wenn ich meinte, einem Hypo nahe zu sein. Ich lernte, mich zu vergleichen – kam dieses Schwitzen nur von der Klassenzimmerhitze? Fühlte ich mich schon wie von einer unsichtbaren Kraft aufgehoben, die meine Glieder leerte? Ich fürchtete mich davor, bei einem Hypo ertappt zu werden. Ich wollte nicht, daß man mir zusah, wie ich auf Geheiß des Dämons ein Stück Traubenzucker entzweibrach, es gierig in den Mund schob und an den Gaumen drückte. »In die Kiefertaschen«, hatte mein Vater gesagt, »dort wirkt er am schnellsten.« Aber ich wußte, daß ich dabei noch dümmer aussah.

Nicht nur im Ausnahmezustand des Hypos kam ich mir wie eine starke Esserin vor. Ich atmete auf, als ein übergewichtiger Bekannter meiner Eltern seufzte: »Ihr Diabetiker dürft immer essen!« Er zerriß für ein paar Augenblicke die aus Schuld und Angst gewebten Vorhänge, und dahinter blitzte ein fröhliches krankes Leben auf. Der schwere Mann hatte einen ganz leichten Satz gesagt.

Mein Vater half mir, so gut er dazu imstande war, den Dämon im Zaum zu halten. Ich mußte lernen, wie man seine unkontrollierbaren Ausbrüche abfing, ehe sie einem ans Mark, ans Hirn, ans Bewußtsein gingen. Ich mußte lernen, womit man ihn betäuben konnte, beschwichtigen, ich begriff, daß er seine tägliche Ration Lösegeld haben mußte. Ich durfte nicht vergessen, daß er seiner Natur nach aggressiv war, daß er heimlich Pläne schmiedete, sein Territorium zu vergrößern, sich andere Organe unterwerfen wollte, jetzt oder später. Für seine in der Zukunft ausharrenden Siege gab es ein harmloses Wort – *Spätfolgen*. Dahinter verbargen sich das Erblinden, das Nierenversagen, die Amputation der immer schlechter durchbluteten Beine. »Wissen ist Macht«, sagte mein Vater.

Zu meinen ersten kranken Weihnachten bekam ich einen Plattenspieler. Ich kniete neben Tante Eva auf dem Parkettboden und packte meine Geschenke aus. Sie trug eins ihrer *kleinen Schwarzen*. Diese Art Kleid brachte ich immer mit Tante Evas kurzen lackschwarzen Haaren in Verbindung. Sie sah mir mit gerunzelter Stirn zu, wie ich mich über den Plattenspieler freute. »Das arme Kind«, sagte sie. Vor uns hingen die schönen alten Blechkugeln auf dem Weihnachtsbaum, dazwischen die in gefranstem Papier versteckten Schokoladestücke. Die Ketten mit ihren weichen Stacheln glänzten und sperrten den Bezirk der Süßigkeiten ab. Tante Eva mußte sich auf die andere Seite verlagern, weil ihre Knie in den Nylonstrümpfen schmerzten. Die Stöckelschuhe hatte sie ausgezogen, als sie sich niedersetzte. Durch die Strümpfe sah man ihre rotlackierten Zehennägel.

Es war schade, daß Tante Eva sich nicht mit mir freuen konnte. Ich hob mit dem Zeigefinger sacht den Tonarm hoch und geleitete ihn ein Stück zur Seite, wo ich ihn an Tante Evas Zeigefinger übergab. Sie hielt ihn, und ich sagte, sie müsse aufpassen, daß er nicht hochschnelle. Ich sagte auch, daß es ein sehr moderner Plattenspieler sei, weil es die Umdrehungszahl 78 gar nicht mehr drauf gebe.

Mit dieser Bemerkung wollte ich mich bei Tante Eva einschmeicheln. Sie rauchte, sie trug ihre Ringe mit den großen Steinen, ohne irgendwo anzustoßen. Auf ihrem Handgelenk schaukelten die Armreifen bei jeder Bewegung, und wenn sie ein Glas Whisky nahm, rutschten sie den nackten, braunen Arm entlang. Sie kniff die schwarzen Augen zusammen, wenn sie einen ansah und den Rauch mit einem geschliffenen Seufzen aus ihrem Mund entließ, der immer geschminkt war. Sie lachte ein hohes, rauhes Lachen. Auf das Rauchen und den Whisky brauchte ich erst gar nicht zu spekulieren; das eine war für die Gefäße schlecht, die bei einem Diabetiker ohnedies gefährdet sind; das andere brachte den Stoffwechsel durcheinander. Aber dieses Lachen versuchte ich aus meinem Hals zu holen. Es war so schwierig wie Radfahren, man mußte auf mehreres zugleich achten. Der Ton mußte getroffen, nicht erst gesucht werden. Die Lippen mußten sich im richtigen Tempo spannen, nämlich nicht zu schnell, und sie durften nicht zuviel von den Zähnen entblößen. Manchmal stolperte Tante Evas Lachen in ein Husten, dann sah sie plötzlich wie ein Kind aus. Es kümmerte sie nicht, daß ihre Zungenspitze dabei herausstand, sie hielt sich die Hand nicht vor.

Ich konnte nun endlich meine Beatlesplatten, die *Feuerwerksmusik* und *My Fair Lady* im eigenen Zimmer spielen. Die *Feuerwerksmusik* hatten meine Eltern aus Amerika mitgebracht. Auch *My Fair Lady* kam aus Amerika. Der Umschlag zeigte einen alten Mann in Himmelswolken, der gutmütig schmunzelte und in dem ich noch nicht George Bernard Shaw erkannte. Von seinen Fingern zogen sich Fäden zu einem darunter schwebenden eleganten Mann im Frack. Das war Rex Harrison. Ein Faden führte zu seinem Zylinder. Der Hut mußte hochgehen, wenn er nicht auf dem Kopf angeklebt war. Rex Harrison hielt seinerseits, als habe er in ein Spinnennetz gegriffen, ein insektenhaftes Wesen an dünnen Schicksalsfäden. Julie Andrews trug die gleichen hochhackigen schwarzen Schuhe wie Tante Eva, bloß waren die Schuhe des Blumenmädchens mit einer Schleife um den Knöchel versehen. Mich störte, daß Julie Andrews und deswegen natürlich auch Eliza Doolittle blond waren.

Meine Lieblingsnummer wurde sehr schnell *The rain in Spain*. Ich sprach und sang die Anweisungen mit, die Professor Higgins gab, und ich machte Elizas Fortschritte mit. Ich spürte, wie meine Lippen sich spitzten und entspannten, wie die Zunge an die Zähne tippte. Ich stellte mir Tante Eva vor, wie sie mit ihren schönen roten Lippen diese Sätze nachsprechen würde, und Rex Harrison, wie er Tante Eva auf den Mund sah. *By God, she's got it.* Es war etwas in seinem Blick, das noch viel wichtiger war, als daß sie endlich gelernt hatte, die Laute richtig zu artikulieren. Es mußte meinen Eltern entgangen sein, sonst hätten sie mir die Platte nicht so bereitwillig überlassen.

Bald nach Weihnachten brachte mir mein Vater eine Langspielplatte mit, die in den Farben dem Umschlag von *My Fair Lady* glich. Weißer Untergrund, das gleiche senfgelbe Gold und mit roten Buchstaben der Titel: *Diabetesschallplatte*. Ein freundlicher oder ermahnender, vielleicht auch einfach nur nüchterner Arzt ging auf dieser Platte alles durch, was ein verantwortungsvoller Patient wissen mußte. Die einzelnen Probleme würden, so versprach es der Text auf der Rückseite, in abgeschlossenen Kapiteln präsentiert, so daß man die Information über seine persönlichen Schwachstellen – die Berechnung der Weißbroteinheiten oder die Pflege der beim Diabetiker besonders anfälligen Füße – mühelos auffinden und gezielt abspielen könne. Ich weiß nicht, ob die Platte Leerrillen hatte wie jede andere ordentliche LP mit mehreren Nummern, wo man die Nadel an der richtigen Stelle vorsichtig aufsetzte, um seine Lieblingsnummer zu hören. Oder ob auf der zweiten Seite dieser LP auch die eher schwachen Nummern waren, die man bald nicht nur verachtete, sondern geradezu haßte. Ich habe mir die Diabetesschallplatte kein einziges Mal angehört, sondern sie gleich in meinen Kleiderschrank gestellt, an diejenige Wand, wo meine nie getragenen Kleidungsstücke hingen. Am liebsten hätte ich sie mit einem kräftigen Dreh in den Himmel hinaufkreisen lassen, bis sie nur noch eine verrücktgewordene Krähe gewesen wäre, die immer kleiner wurde und mich nichts mehr anging.

Ich hatte mich nie für Mathematik und Physik begeistern können. Daß man die Flugbahn eines Bumerangs berechnen konnte, ließ mich kalt. Ich glaubte lieber an eine magische Verbindung zwischen dem Handgelenk und dem Geschoß. An eine Zauberformel, die in dem Holz mitflog und es sanft zurückbog an seinen Ausgangsort. Es gab so viel, das ich kopfüber gelernt hätte – eine neue Sprache, so, wie ich mich früher als die andern ins Englische gestürzt hatte. Ehe meine Eltern für ein Jahr nach Amerika gegangen waren, hatten sie nach einem Sprachkurs auf Schallplatten Englisch gelernt. Die Platten waren in einer dünnwandigen Holzkassette aufbewahrt. Der Deckel hatte als Verschluß ein Häkchen, das man in eine Öse schob. Das beiliegende Heft zeigte eine Frau in einem schwingenden Kleid, neben ihr den Eiffelturm, der so aussah, als freue er sich über die sprachkundige Besucherin. Der Big

Ben unterhielt sich stumm mit einem Mann, der, auf einen Schirm gestützt, zu ihm hinaufblickte. Als sich meine Mitschülerinnen mit ihren *double u's* und mit dem *th* plagten, sollte ich lernen, daß eine hühnereigroße Kartoffel eine Weißbroteinheit war. Die Bezeichnung »hühnereigroß« kannte ich schon. Mein Vater hatte sie für Tumore verwendet.

Ich büffelte die Grammzahlen einer Weißbroteinheit Karotten, Bohnen und Erbsen, prägte mir den Umriß einer bestimmten Menge Nudeln ein, die Dicke einer Schnitte Schwarzbrot, lernte die WBE-Währung für Reis, Milch, Yoghurt, Kartoffelpüree. Für Pfirsiche mit und ohne Kern. Eine Banane mittlerer Größe waren zwei WBE – schmutzsicher verpackt und weniger auffällig zu essen als Traubenzucker, wenn man in einen Hypo geriet und sich etwas zuführen mußte, das rasch wirkte.

Einmal bemerkte jemand, wie günstig es sei, daß ich die Krankheit mit meiner Mutter mitlernen könne, die ein Jahr vor mir in dieses Unglück geraten war. Ich hatte nie das Bedürfnis, außer meiner Mutter noch jemandem in dieser Ewigkeit zu begegnen. Zu anderen Diabetikern wollte ich nicht gehören. Weil ich meiner Mutter nachfolgte, weil ich in meiner engsten Familie blieb, fühlte ich mich nie jener anderen Schicksalsgemeinschaft verwandt. Es interessierte mich nicht, ob in unserer Stadt, in unserem Bekanntenkreis andere Leute auch *Zucker* hatten. Es hätte schon jemand wirklich Berühmter kommen müssen, John F. Kennedy zum Beispiel, und sagen, »Ich bin ein Diabetiker.« Mein Vater war bei der Geburt von Kennedys Tochter dabeigewesen, man hätte einen Anknüpfungspunkt gehabt, aber John F. Kennedy war ermordet worden.

Oder jemand wie Heinrich Harrer. Ich hatte *Sieben Jahre in*

Tibet gelesen und war ganz auf seiner Seite und der des Dalai Lama. Oder Max Reisch. Für mein Leben gern wäre ich mit einem Motorrad durch die endlose Wüste gefahren, neben mir Max Reisch auf seinem Fahrzeug, der mich als seine Gefährtin auserkoren haben würde. Max Reisch hätte mir beigebracht, wie man den Horizont in der Wüste liest. Er hätte mir die Augen geöffnet für die Formen der Dünen, für ihren langsamen Marsch, er hätte mich die zungenharte Sprache der Tuareg gelehrt. Ich wiederum hätte Max Reisch, der mit allen Situationen fertigwurde, zeigen können, wie man sich selbst Insulin injizierte. Es hätte in einem eher beiläufigen Ton geschehen müssen, ein Austausch von Fertigkeiten unter Leuten, für die Überwindung ein Kinderspiel war. Sobald ich das Spritzen gelernt hatte, wollte ich es meinen Mitschülerinnen vorführen. Ich stellte mein Bein auf den Stuhl, schob den Rock hoch und legte den Zeigefinger auf eine Stelle meines Oberschenkels. »Hier habe ich mich heute zum ersten Mal selber gespritzt«, sagte ich. Das Wort *spritzen* wirkte wie eine kleine Spielzeuggranate, die gleichwohl explodierte. Mit kleinen Bewegungen wichen die Mädchen vor mir zurück. Ich redete, aber sie verstanden mich nicht. Ich wollte ihnen zeigen, wie meine rechte Hand die gläserne Spritze hielt, die ich durch meine Füllfeder ersetzte, während ich mit drei Fingern der linken Hand ein wenig Fleisch zusammendrückte. Ich hatte die Füllfeder so elegant wie möglich in meine Hand gelegt, zwischen Zeige- und Mittelfinger. Mit dem Daumen schob ich hinten den imaginären Kolben vor. Die Mädchen starrten auf meinen gerippten Strumpf, unter dem mein Schenkel war. Ich versicherte ihnen, daß man nichts dabei spüre. Vielleicht glaubte die eine oder andere, ich könnte sie anstecken, weil ich eine Krankheit hatte, gegen die man mit Injektionen vorgehen mußte. Ich war stolz auf die neue Disziplin, die ich nun beherrschte, aber bei den anderen Mädchen nützte sie mir nichts. In dieser Sportart gab es nur eine Spielerin.

Max Reisch würde nicht so zimperlich sein. Es würde ihn schon rein technisch interessieren, wie man mit den Spritzen hantierte. Wie man die Spritze aus der sterilen Metallschachtel nahm, eine Nadel mit der Pinzette anfaßte und auf die Spritze aufsetzte. Man konnte mit den Fingern nachdrehen, ohne aber die Nadel zu berühren. Zwei der Spritzen waren mir verhaßt, weil der Kolben innen nicht mehr ganz dicht anlag und manchmal Luftbläschen aufstiegen. Auch wenn nur noch wenig Insulin in der Ampulle war, konnte es vorkommen, daß man zu weit in die Ampulle hineinstach und Luft aufzog. Dann klopfte man mit dem Zeigefingernagel gegen die Spritze, um die Bläschen wieder zu verjagen. Es konnte geschehen, daß so eine Luftblase wie eine Fledermaus im obersten Winkel hängenblieb und nicht aufsteigen wollte.

Am Abend würden wir vor unserem Zelt sitzen, der Sonne zusehen, wie sie im fernen Sand auftrocknete. Max Reisch würde mir von seinen geheimen Abenteuern erzählen, über die er in seinen Büchern nichts geschrieben hatte. Wie er in Lebensgefahr schwebte, als ihm ein teures Kamel vor das Motorrad torkelte. Ich wollte ihn auch fragen, wie das war, wenn man ein Wüstenmädchen umarmte, das ein Dutzend eiserne Ringe um den Hals trug. Im Gegenzug würde ich ihm von Frau Mizzi erzählen, die öfter am Morgen vor der Schule zu mir kam, um meinen Nüchternblutzucker zu messen. Auf dem Weg ins Labor des Krankenhauses, wo sie arbeitete, nahm sie mir das Blut ab. Sie wollte sich nicht setzen, sie hockte sich vor mich hin, holte ihren kleinen Schußapparat, *Schnäpper* genannt, aus der Einkaufstasche mit den brüchigen Henkeln, und ich streckte ihr meine umgedrehte, aufgespreizte Hand hin. Meist nahm sie den Mittelfinger, wischte die Fingerspitze mit einem alkoholgetränkten Tupfer ab und drückte fest zu. Die Fingerspitze lief dunkel an, als schämte sie sich. Dann stach Frau Mizzi mit ihrem Schnäpper hinein, wischte den ersten Blutstropfen weg und fing das nachlaufende Blut gleich mit der Pipette auf, die an einem dünnen Gummischlauch steckte. An dem Schlauch sog sie mein Blut die Pipette hoch, und ich wartete jedesmal darauf, daß sie zu heftig anzöge und mein Blut in ihren Mund käme. Aber sie hatte einfach zuviel Erfahrung. Sie konnte trotz des zwischen die Zähne geklemmten Schlauchs reden. Der Blutfaden stieg in der Pipette hoch, als schösse mein Fieber auf 42 Grad. Nur wenn ich kalte Finger hatte, dauerte es länger. Dann fuhr die Frau mit der Spitze der Pipette um den Einstich herum und jagte jedem kleinsten Tröpfchen nach. Es war Ehrensache, daß sie kein zweites Mal stach. Ich mußte höchstens die Hand schütteln. Die Gefahr, daß dabei das Blut herumspritzen würde, bestand nicht. Hatte sie genug Blut in der Pipette, blies sie es mit einem röchelnden Geräusch in eine verschließbare Eprouvette, und alles verschwand in der schwarzen Einkaufstasche. Diese Frau war ein merkwürdiges Zwischenwesen. Sie war keine geistliche Schwester, aber ich hatte den Eindruck, sie habe ihr Leben auf irgendeine Weise *Christus geweiht.* Sie trug die gleiche schwarze Tasche, die gleichen schwarzen Schuhe wie die Klosterschwestern. Ich war überzeugt, sie sorge für die Blumen auf dem Altar. So, wie sie bei uns mit krachenden Knien aufstand und zu keinem Tratsch blieb, stand sie gewiß auch vor dem Altar auf, hängte die Tasche mit den kurzen Griffen auf den Volant ihres alten Steyr-Rads und fuhr in die Arbeit.

Ich konnte mir Frau Mizzi sehr gut als Wüstenschwester

vorstellen. Mit dem Motorrad unterwegs von einem Stamm zum anderen, im Beiwagen ihre Schnäpper und Schläuche, Eprouvetten und Pipetten und noch einiges andere mehr, weil sie ja selbständig wäre und viele Aufgaben eines Arztes zu erfüllen hätte. Geschickter und geduldiger als jeder Arzt würde sie einen Dauertropf in die Palme hängen.

Im Beiwagen zu meinem Motorrad müßte Platz für die Kühltasche sein, die ich für mein Insulin brauchen würde, für die kleinen Metallboxen mit den gläsernen Spritzen und Nadeln, die ich auch in der Wüste würde auskochen müssen. Für einen Tank, um das destillierte Wasser zu transportieren. Für die Briefwaage, auf der ich meine Mahlzeiten im Zweifelsfall nachmessen müßte. Für das ganze Wüstenlazarett, das ich benötigen würde. Für die zweite Person, die es von mir hätte geben müssen, die diese für meinen Körper nur feindlichen Räume heil hätte durchqueren können.

Auf eine merkwürdige Art verwandelte sich das Wissen meines Vaters, das wie eine große Lokomotive auf einer zu schmalen Spur durch mich pflügte. Je mehr man von sich als krankem Menschen in Erfahrung brachte, desto größer wurde die Chance, krank zu sein und doch auch gesund. Daß man es zu nicht mehr als ebendiesem bringen würde, machte traurig. Ich fühlte, wie sich eine Ahnung davon meinen Klassenkameradinnen mitteilte, wie sie witterten, daß ich mir meiner Krankheit inne wurde. Wie sie spürten, daß mein Wissen Ohnmacht bedeutete.

Touché

Als ich sechzehn war, begann sich der verrufenste Schüler der Anstalt für mich zu interessieren. Das rettete mich bei meinen Mitschülerinnen, die sich schon darauf eingerichtet hatten, mich als Streberin, als hoffnungslos intelligent und, wegen meiner Zuckerkrankheit, als insgesamt lebensuntüchtig abzuschreiben. Nicht irgendein Junge, nicht irgendein Schüler einer der anderen Schulen, zu dessen Überprüfung und Einschätzung man sich auf das Urteil anderer hätte verlassen müssen. Nicht ein Unbeschriebener, ein beliebig Austauschbarer aus der Parallelklasse. Ich hatte Glück, denn ich ersparte mir das mühsame Zusammentragen all der einzelnen kleinen Erfahrungen. Mit einemmal hatte ich sie alle, bis auf die zwei durchtriebenen Auswärtigen, überholt.

Im Sommer hatte mir im Schwimmbad ein Junge einmal mit dem Finger übers Rückgrat gestrichen. Wir lagen nebeneinander auf der Sonnenterrasse, die verschwitzten, brennenden Gesichter einander zugewandt, aus den Augenschlitzen die ungelenken Blicke, die bohrten, stachen, abglitten, eindrangen. Dann die sich hebende Hand, wie am Ellbogen hochgezogen, und sein Zeigefinger sprang über meine Wirbel. Ehe ich gleichziehen konnte, seinen Oberarm berühren oder seine Wange, stieg ein Ruf von der Straße herauf und fiel auf den heißen Betonboden der Terrasse. »Mein Vater«, sagte der Junge, und alles gehörte plötzlich einer anderen Zeit an, dem nächsten Monat vielleicht, oder dem nächsten Jahr. Wir waren getrennt, er mußte gehorchen, er konnte nichts versprechen. Ich blieb liegen, auf mein Handtuch gepreßt, stellte mich tot, um ihn nicht zu gefährden. Er packte seine Sachen zusammen, murmelte etwas, einen Gruß, ich sah, wie er unseren Nachmittag zwischen seinen Lippen ganz kleinhielt. Dann war er fort. Diese Wanderung seines Fingers über mein Rückgrat war meine erste Berührung mit der Liebe, oder der Sexualität, oder der Verzweiflung, oder der Sehnsucht, oder der Frage, warum bleibst du nicht hier?

Ich lag in viel zu großen Träumen auf jener Badeterrasse, zuhause auf meinem Bett, auf dem Plüschsofa im Wohnzimmer. Ich stemmte die Beine gegen die Wand, betrachtete meine Knie, streckte einmal das eine, dann das andere Bein durch, verglich mich im Geist mit den Mannequins, die in einem Fauteuil saßen und ihre Beine über die Lehne hängen ließen oder mit einem Bein in die Luft kickten. Sie grätschten sich in ihren Miniröcken über Feldwege und trugen dicke Strickpullover. Sie lehnten in schwarz-weiß-gewürfelten Op-Art-Kleidchen an der abblätternden roten Hauswand eines italienischen Carabinieri-Postens und winkelten das Spielbein ab. Sie hatten niemals Senkfüße und mußten keine Einlagen tragen. Sie hatten auf eine Weise keine Brust, daß es ihren Reiz nur noch steigerte. Ich kam nicht dahinter, wie sie das schafften.

Für den Tanzkurs, der im Oktober begann, nähte meine Mutter mir ein Kleid mit Hemdblusenkragen, mit langen, an Bündchen zuknöpfbaren Ärmeln. Vorne hatte es eine Knopfleiste mit zwei oder drei Knöpfen. Es war ein dünner Wollstoff, im Paisleymuster mit grün-blau-gelb gemusterten

Amöben bedruckt. Ein Mädchen aus der nächsthöheren Klasse, in die auch Georg ging, nahm manchmal an den Tanzstunden teil, obwohl sie alle Tänze bereits vom Vorjahr beherrschte. Sie war für mich der Inbegriff der Rivalin. Wie sie, wenn sie zu tanzen begann, die rechte Hand hob, die Finger horizontal vorstreckte, jeden einzelnen lackierten Fingernagel in die Hand des Jungen einhängte, der das Glück hatte, mit ihr zu tanzen, das würde ich nie können. Dazu öffnete und schloß sie die rosa bemalten Lippen, als redete sie parfümierte Worte. Nie klebten ihre Wimpern von der Tusche zusammen. Sie hatte kurzes, blondes Haar, das sie so vollendet toupierte und in Strähnen zog, daß man meinte, nur diese eine Frisur wäre auf Erden möglich. Ich trug meine brünetten Haare lang, bis unter die Schulterblätter, auf der Seite gescheitelt. Mit einer Spange hielt ich die Mähne aus dem Gesicht. Hätte jenes Mädchen diese Frisur gehabt und ich den blonden Kurzhaarschnitt, ich wäre überzeugt gewesen, nur lange, braune Haare hätten das gewisse Etwas.

Georg war ein guter Tänzer. Damals wußte ich noch nicht, daß Männer mit einer bestimmten Statur, nicht zu groß gewachsen, ein rhythmisches Körpergefühl haben. Ich sah, wie er die unübertreffbare Helga an den Hüften durch den alten Ballsaal im Kaffeehaus Traxler schob – nein, nicht schob, wie sie einander mit unsichtbaren, gleichmäßigen Stromstößen über den Tanzboden schickten, alle Energie gebändigt in den aufeinander abgestimmten Schritten. Sie schienen kein Nachdenken zu brauchen, welcher Schritt folgen sollte, sie erfanden und bestätigten jeden Tanz gleichzeitig. Helga klappte ihre Finger, die durch Georgs Finger gespreizt waren, nieder, und Georg setzte den Impuls sogleich in eine kräftige Drehung um, und noch eine, und noch eine. Sein Gesicht wurde ruckartig nach jeder Drehung sichtbar, ein stolz den einfallsreichen Körper krönendes Gesicht, in dem die dunklen Augen manchmal ein wenig altmodisch zwinkerten. Ich hätte gern gesehen, wie Helga auf dieses Zwinkern reagierte. Er lächelte dazu, und auch das kam aus dem Fundus eines Operettensängers, aber es machte nichts. Wenn die stilsichere Helga das akzeptierte, konnte es nicht falsch sein. Ihr Kleid war meinem ähnlich im Schnitt, an ihr sah es natürlich ganz anders aus. Das Paisleymuster in verschiedenen Gelbtönen.

Ich stand gescheitelt, im aquariumfarbenen Kleid, mit anderen Mädchen zusammen. An Helgas Hände kann ich mich genau erinnern, an meine eigenen nicht. Irgendwann kam Georg auf mich zu und forderte mich auf. Sein Gesicht, das mir bekannt war wie das Gesicht eines Prominenten, verlangte von meinem Gesicht, daß es ihn nicht für ein Phantom, sondern für etwas Wirkliches halte. Meine Freundinnen tauchten unter, verloren ihre Namen. Ich warf ihnen nicht mal mehr einen halben Satz nach. Ich sah, wie sich sein Blick in Schlingen meinen Hals, meine Brust, meine Schultern holte, wie er die Brauen hob, so daß mein Blick dort unterschlüpfen konnte, wie er mich einfing Stück für Stück. Auf der Schläfe hatte er eine Narbe, die durch eine seiner dunklen, fast schwarzen Locken teilweise verdeckt wurde. Er trug irgendein dunkles Sakko und eine schwarze Hose, die nicht jungenhaft verbeult war, sondern Falten quer über die Leisten hatte wie bei einem Mann. Er korrigierte meinen Griff in seiner linken Hand, legte mir die andere Hand unter dem Arm durch auf den Rücken und zählte mit dem Kopf den Takt mit. Ich trippelte immer wieder seinen sicheren, großen Schritten nach, wußte nicht, worauf ich mich konzentrieren sollte, auf seine drängenden Oberschenkel, die mich rückwärts trieben, auf seine Hand knapp unter meinem Büstenhalterverschluß, die mich in die andere Richtung drückte, auf sein Kinn mit den grauen Punkten, auf seine Mundwinkel, auf die Oberlippe, die ich fixierte, um ihm nicht in die Augen sehen zu müssen, obwohl mich das am meisten lockte. Alles an ihm war ernst. Auch wenn er lächelte oder mit einem halblauten Lachen sein Temperament kurz an die Luft ließ, war darin etwas Erwachsenes spürbar, etwas, das all die anderen herumtappenden Jungen in diesem Saal längst hinter sich gelassen hatte. Er hatte, als er von der Hauptschule ins Gymnasium wechselte, die erste Klasse wiederholt und später noch mal eine Klasse nachholen müssen. Er war drei Jahre älter als ich, sein ganzer Körper bewegte sich professionell. Blicke glückten ihm nicht zufällig, er wußte, wie man ein Mädchen ansehen muß. Ich fühlte mich ihm ausgesetzt, aber ich wehrte mich nicht dagegen. Als er mit seinem Oberschenkel einmal kurz an mein Schambein drückte, ging mein Staunen sogleich in der Sicherheit auf, mit der er weitertanzte, als wäre nichts geschehen. Ich wartete darauf, daß er mich wieder an dieser Stelle meines Körpers wahrnehmen würde, und als eine bestimmte Melodie der Tanzmusik wiederkehrte, spürte ich, wie er mich erneut dort zu sich holte. Er mimte mit erhobener Nase und leicht zur Seite gedrehtem Kopf die Verwegenheit der Melodie, lächelte genießerisch mit fest aufeinandergepreßten Lippen, wie ein Kenner, wie jemand, der alle Arien einer Oper auswendig weiß, wie ein Tänzer, dem nicht nur die eigenen Gliedmaßen, sondern auch die seiner Partnerin gehorchen. Wir flogen ein paar Schritte lang, ein paar Takte lang über das Parkett, die Sohlen meiner schwarzen Schuhe schliffen, strichen, spielten den richtigen Unterton.

Wir hatten den gleichen Heimweg. Seine Eltern wohnten

nur zwei Straßen von unserem Haus entfernt. Er zeigte mir die Fenster der Wohnung. Sein Zimmer mit dem Klavier ging nicht zur Straße. Von Popmusik hielt er überhaupt nichts. Sein Lieblingskomponist war Liszt. Ich überlegte, ob wir etwas von Liszt zuhause hatten. In der einen Hand hielt ich die Plastiktüte mit meinen Tanzschuhen, das andere Handgelenk wurde von Georgs Daumen und Zeigefinger umringt. Er maß, wie zart ich war. Dann hielt er seine geballte Faust gegen meine, drehte sie links- und rechtsrum und griff ein paar Akkorde in die Luft.

»Wenn du zu mir kommst, spiele ich dir etwas vor«, sagte er.

Ich konnte mir nicht denken, wie das zustande kommen sollte. Ich durfte immer nur kurz weggehen.

»Mein Vater darf nichts davon wissen«, sagte ich.

Ganz wenig stieß ich mich schon ab von seiner durch scharfe Gesetze geregelten Welt. Seine Gebote lebten mit uns im Haus, auch wenn er seit einem Jahr nur noch am Wochenende nach Hause kam. Mein Bruder, meine Mutter und ich lebten mit den Geboten zusammen in unserem großen Haus, und am Wochenende spürte jeder, wie die Gebote sich wieder stärkten, um eine ganze Woche herumkommandieren zu können.

»Was kann er dir schon tun?« fragte Georg. »Er wird dich doch nicht schlagen.«

»Nein«, sagte ich. »Das auf keinen Fall.« Es war schwierig zu erklären.

Am nächsten Tag kam in der großen Pause eine Klassenkameradin vom Gang her auf mich zu und sagte: »Für dich.« Das hieß, ich sollte hinausgehen. Georg stand draußen, eine Hand in die Hosentasche gehakt, sein Bein nickte, na? Ich stellte mich zum Fenster mit ihm, so daß ich dem Treiben auf dem Gang den Rücken kehrte. Ich wußte nicht, welcher Lehrer Gangaufsicht hatte. Es wurde nicht gern gesehen, wenn Mädchen mit Jungen zusammenstanden. Mein Rücken wurde verwundbar. Georg kümmerte sich um gar nichts, lehnte mit dem Ellbogen am Fensterbrett und schaute halb in den Gang. Ich fürchtete, jeder könnte hören, was er sagte. Am liebsten wäre mir gewesen, er hätte jedes Wort ganz leise in meine Handschale gelegt, und ich hätte alles in meiner Schultasche versteckt. Andererseits imponierte mir, daß er überhaupt keine Angst hatte, sich um nichts scherte. Er war in Latein und Englisch gefährdet. Sein Lieblingsfach war Geschichte. Ich aß meine Käsesemmel und bemühte mich, keine Krümel zwischen den Zähnen stecken zu haben. Um mich herum zogen Schüler zu zweit oder zu dritt hin und her, weiter vorn verkaufte der Schulwart Milch, Kakao, Süßigkeiten, Semmeln mit Wurst oder mit Käse. Unsere Schule war alt, die Böden geölte Schwellen, die Heizkörper schwarze Ungetüme, auf denen man sitzen konnte, wenn kein Lehrer hersah. Georg lehnte mit einer Gesäßhälfte auf dem Heizkörper unter dem Fenster. Wenn er sich nur weniger auffällig benähme, aber ich wußte nicht, wie ich es ihm sagen sollte, ohne zu riskieren, daß er das Interesse an mir verlor. Nach der Pause hatten wir Latein. Es war eins meiner Lieblingsfächer, neben Deutsch und Englisch. Ich hätte gern noch die unregelmäßigen Verben wiederholt, die an diesem Tag geprüft wurden. Ich liebte meine kühle, unverheiratete Lateinlehrerin, die Ordnung hielt in meinem Kopf. Alles in dieser Sprache war logisch, aber nicht von jener hakenschlagenden Logik, die der Mathematiklehrer für sein Fach in Anspruch nahm. Auch die Ausnahmen waren logisch in Latein.

Nach dem nächsten Tanzstundennachmittag lenkte Georg meinen Schritt zu dem Weg, der am Waldrand entlangführte.

Es war schon fast dunkel. Das erste Stück war beleuchtet, weil dort viele Patienten aus dem Erholungsheim ihren Spaziergang in die Stadt machten. Wo der Weg schmaler wurde, steiler, und in den Wald hinaufführte, gab es keine Lampen mehr. Wir hielten uns an der Hand und verloren keine Zeit. An der Kreuzung, wo wir zur Straße hätten hinuntergehen können, in der ich wohnte, blieben wir stehen. »Ein paar Minuten«, sagte Georg. Wir stiegen den Weg hinauf. Ich konnte die Lichter unseres Hauses sehen, das Zimmer, in dem meine Mutter saß und nähte und auf die Uhr sah. Georg brachte uns zum Stehen. Er hielt mich an beiden Armen. Sein blasses Gesicht mit dem dunklen Haar flimmerte vor mir. Ich strich über seinen Wintermantel, einen gefütterten dunkelblauen Stoffmantel, in dem ich ihn später einmal fotografierte. Auf dem Foto stand Georg im Schnee und blickte düster, blaß, unrasiert, mit schwarzen Augen zu mir zurück. Er sah aus wie Maximilian Schell in der Verfilmung von Kafkas *Schloß*. Ich klebte das Foto in meine Taschenbuchausgabe, als ich wenig später Kafka zu lesen begann. Jetzt hielten unsere Mäntel Wache um uns, nur das Gesicht, die Hände konnten aneinander. Er faßte mich mit je zwei Fingern an den Wangen, funkte mir seinen Willen in den Kopf, und ich stieg weich in seinen geübten Kuß. Ich hatte das Gefühl, in eine geheimnisvolle Stelle eingeweiht zu werden, geheimnisvoll, obwohl für alle sichtbar, sein Mund. Hier zog er mich hinüber in ein neues Alter. Hier hörte ich auf, bloß ein Schulmädchen zu sein.

In den nächsten Tagen sah mich ein Nachbar, wie ich nach der Schule bis vor die Ecke zu unserer Straße heimbegleitet wurde. Noch am Nachmittag erfuhr meine Mutter davon. Damit begann auch für sie die Angst, mein Vater könnte von irgend jemandem darüber informiert werden, daß seine Tochter »herumzog«, wie der Fachausdruck dafür hieß. Und nicht nur herumzog, sondern mit einem schlechten Schüler, der drei Jahre älter und zweimal nicht versetzt worden war, einem Versager, gefährlich und erfahren. Meine Mutter mußte zugeben, daß er gut aussah. Ins Haus durfte er natürlich nicht. Und ich durfte ihn nicht besuchen. Aber ich ging dann in den freiwilligen Französischunterricht am Nachmittag, und sonntags wieder regelmäßig zur katholischen Messe. Mein Vater war Protestant. Mit großem Stolz erzählte er, wie sein Vater auf dem Sterbebett die Überlaufangebote des katholischen Priesters abgewehrt hatte. Wir, meine Mutter, mein Bruder und ich, waren die katholischen Schmarotzer. Immer wieder einmal quälte er uns mit seinen Drohungen, er werde die unverschämte Kirchensteuer nicht mehr bezahlen. Ich sah die Schande auf uns zukommen, wie ich aus dem katholischen Religionsunterricht ausgeschlossen würde. »Ich melde euch ab, ich melde euch alle ab!« schrie er. Wenn ich sonntags zur Messe ging, bemühte ich mich, ihm vor dem Verlassen des Hauses nicht zu begegnen. Statt zur Messe zu gehen, bog ich mit Georg in eine winzige Gasse, die zum Hintereingang eines nur von einem alten Ehepaar bewohnten Hauses führte. Georg schloß mit einem großen Schlüssel das Tor auf, ich stand, Schultern steif, wie gelähmt, wie blind, neben ihm und folgte ihm dann über den kleinen Hof. Ich erwartete jeden Augenblick, eins der Fenster würde sich öffnen und mein Vater würde einen Blitz zwischen Georg und mich schleudern. Schreien, Donnern, Krachen. Ich ging meinem Herzschlag nach, der mir vorauszueilen schien in den dunklen Flur. Dann zu einer Doppeltür, die endlos lange aufgesperrt werden mußte. Wir sprachen kein Wort. Die letzte Befürchtung galt der Ungewißheit, ob sich jemand in dem Raum befinden würde, in den ich dann mit einem großen Schritt trat, beide Stufen auf einmal nehmend.

Sobald Georg die Doppeltür hinter uns abgesperrt hatte, waren wir aus der Welt verschwunden. Wir befanden uns noch in der Stadt, aber die Stadt konnte uns nicht mehr sehen. Ohne mich hinzusetzen, ohne je etwas zu berühren, Wasser zu trinken, ein Papiertaschentuch in einen Abfalleimer zu werfen, ohne meinen Mantel abzulegen, durchquerte ich diesen Raum und verschwand noch einmal. Eine Tür führte zu einer fensterlosen Nische, in der außer ein paar Matratzen und einem Stuhl nichts Platz hatte. Ein Kissen, eine Decke. Mein Mantel über den Stuhl, Georgs Mantel darüber. Wir zogen die Stiefel aus, sonst nichts. Die Kammer ließ nichts anderes zu, als sich auf die Matratzen zu legen. Es war einfach. Es gab ein dünnes Licht, das Georg sofort wieder ausmachte. Im Dunkeln schickte er seine Hände los, die meine langen Haare vorsichtig ordneten, wo ich auf einer Strähne lag. Er nahm mir die Haarspange ab und versprach, sie wiederzufinden. Er zog meine Bluse aus dem Rock. Was immer meine Mutter mir nähte, welche Knöpfe, welchen Reißverschluß, welche Druckknöpfe oder Haken sie dran befestigte, es ging durch Georgs Hände. Er zog mich nicht aus. Er schob mir Pullover, Bluse und Hemd hoch und schien im Dunkeln meine Brüste zu betrachten. Er schob mir auch noch den dünnen Büstenhalter aus Nylon hoch, und ich lag, mit gekreuzigten Armen, einen heizenden Ring aus Kleidung um den Hals, und spürte Georgs Daumen auf meinen Brustwarzen, während seine anderen Finger von allen Seiten so viel Fleisch zusammenholten, wie nur möglich war. Wenn Georg dann irgendwann den Büstenhalter öffnete, kroch dieser auf meinem Brustbein zu einem lächerlichen Gebilde zusammen. Dieser Wall trennte mich von dem, was jenseits davon geschah. Georg drückte seinen Handballen auf meine linke Brust, faßte mit dem Mittelfinger nach meiner anderen Brustwarze, währenddessen weitete er mit der anderen Hand sein Gebiet auf mir aus. Meine Rippen waren frei, die Nabelsenke. Er schob seine Handkante unter meinen Rockbund, drehte die Finger nach, zog wieder ab, kam unter den Bund der Strumpfhose, schien zu wissen, tauchte gleich wieder auf und öffnete den Rockverschluß mit einer Hand, geschickt wie eine Näherin oder ein Kriegsversehrter oder ein Klavierspieler. Ich horchte auf alle Geräusche, das Aufspringen eines Druckknopfs, das kleine Zippen des Reißverschlusses, auf seinen Atem, auf den leeren Raum draußen, ob jemand den Schlüssel ins Schloß stoße und mich zu Tode erschrecke. Ich roch den muffigen, kalten Eigengeruch dieser Kammer, in der wir nun schwitzten und froren. Rund um meinen Bauch breitete sich eine kühle Hochebene aus, an den Rändern warfen sich heiße Gebirge auf. Es war Nacht, keine Sterne, kein Mond, nur eine tiefe, flüsternde Stimme und etwas, das antwortete mit kleiner, kecker Angst. Wenn ich eine Stimme hatte, rutschte sie mir oft den Hals hinunter, und je weiter Georgs Hände über sein Gebiet strichen, desto weniger konnte ich mich selber hören. Ich schämte mich, als meine Brustwarzen in der Kälte zwischen Georgs Fingern steif wurden. Ich wußte nichts. Ich begann zu ahnen, daß er es darauf angelegt hatte, diesen Widerstand auf mir zu errichten. Er drückte mir die nagelgroße Fläche seines altmodischen Rings auf die Brustwarzen. Der Ring hatte schon seine Körpertemperatur.

In dieser Finsternis feilte Georg an meinen Sinnen. Unter seiner Hand, die alles sah, sammelte sich mein Blut, teilte sich mein Haar, spannte sich mein Fell. Als mein Körper ein Leck bekam, als ich anders roch, als Georg begann, seine Finger in seinem Taschentuch abzuwischen, schämte ich mich wieder. Ich dachte an seine Mutter, die diese Taschentücher waschen würde. Er hatte immer ein Stofftaschentuch in der Hosentasche. Wenn er sich in der Schule auf dem Gang schneuzte und dann das Taschentuch zurückstopfte, mit ein, zwei Handgriffen, machte mich das unruhig, und ich mußte dumm grinsen. Den ganzen Winter beschäftigte Georg diese Aufgabe, mich mit meinem Körper in Verbindung zu bringen. Meine Aufmerksamkeit war davon ganz in Anspruch genommen. Außer seinem Mund, den ich küssen konnte, interessierte mich sein Körper überhaupt nicht. Seine Hände, ja, sein Gesicht, alles andere war zum Glück verdeckt. Mein Körper wuchs unter seinem Blick, ich ließ meine Kindheit zurück. Seine eigene Kindheit war fern, aber selbst dort schien er hauptsächlich Klavier gespielt zu haben. Wie er von diesem Klavierspielen redete, hatte es nichts zu tun mit jenem Erlernen eines Instruments, über das meine Freundinnen jammerten. Nie hatte ihn jemand zu seinen Czerny-Etüden treiben müssen. Er lachte nur und stach mit diesem Lachen jede Autorität an, die sich überlebensgroß aufgebaut hatte.

Mein Vater wußte noch immer nichts von ihm. Gegen Ende des Winters begegneten meine Eltern ihm auf der Straße. Mein Vater erzählte, er habe den Sohn des Rechtsanwalts gesehen, einen düsteren Kerl mit einem schwarzen Schal. Den Schal hatte ich ihm gestrickt.

Weil es in der Kammer dunkel war, war es immer zu spät, wenn ich aus der Tiefe meiner Selbstentdeckung stieg. Ich fürchtete den Blick auf die Armbanduhr. Ich trat hinaus in den größeren Raum, der etwas Trotziges an sich hatte und mich gar nicht zu bemerken schien. Mir war das nur recht. Ich wollte die Grabesruhe nicht stören. Ich nahm nicht viel mehr wahr als den dumpfen Geruch nach Bier, nach kaltgewordenen Gesängen, deren Text mir Georg manchmal rezitierte. Meine Blicke waren viel zu schwach, die Grabbeigaben zu berühren. Ich sah die Straße aufblitzen in einer Säbelklinge, ich traf auf den trüben, farbigen Blick eines geschliffenen Glases. Nie war ich in Gesellschaft mehrerer Leute in diesem Raum. Ich kam nur mit Georg, ich war nur mit Georg dort.

Als es Frühjahr wurde, suchten wir uns Plätze im Freien. Die schwarze, muffige Kammer platzte wie eine Kapsel auf, die Samen wurden auf die umliegenden Berge geschleudert. Auf jedem der Hügel, die man in zehn bis zwanzig Minuten zu Fuß erreichen konnte, hatten wir ein paar solcher Absteigen. Georg verfügte über diese Orte wie über den Bierdunstraum und wie ein paar Monate später über die leerstehende Wohnung eines bekannten Ehepaars. In unserer kleinen Umgebung jonglierte er bereits mit Adressen. Meist verabredeten wir uns für einen Treffpunkt, der nicht direkt in der Stadt lag. Auch so begegneten wir genügend Leuten, die mich und meine Eltern kannten. Meine Mutter wußte, daß ich mit Georg spazierenging, fragte aber nicht zuviel, solange ich noch am Nachmittag heimkam, ehe mein Vater anrief. Da er immer um halb sechs anrief, war es einfach, ihn in dem Glauben zu lassen, ich verbrächte meine Nachmittage zuhause, in meinem Zimmer oder im Garten. Ich ging neben Georg, als gehörte er nicht zu mir. Es gab einige Lehrer, die jeden Nachmittag, bei jedem Wetter, ihre Spaziergänge machten – stundenlange Touren, deren Routen man zum Teil wußte. Hatten wir das Pech, einem dieser Lehrer zu begegnen, grüßte Georg besonders laut mit vollem Titel. Ich hinterher, viel leiser. Der Lehrer grinste oder sagte Aha! oder grüßte drohend, aber keiner redete mich je in der Schule darauf an. Ich war die beste Schülerin, ich hätte meine Immunität viel mehr genießen sollen. Je höher hinauf den jeweiligen Hügel wir kamen, desto sicherer fühlte ich mich, aber hätten wir weit oben jemanden getroffen, konnte man nicht mehr beiläufig nebeneinander hergehen. Irgendwann bogen wir vom Weg ab, stiegen über knackendes Laub, kleine Zweige. Von hinten waren wir gebückte flüchtende Mäntel, verkleidetes Wild. Ich versteckte meine langen Haare unter dem Mantel und stellte den Kragen auf. Georg hielt mir die Zweige aus dem Gesicht. Seine stämmigen Waden, die sich manchmal durch die graue Hose abzeichneten, eilten vor mir her, die Füße in schwarzen Stiefeln aus Fohlenleder.

Wenn wir die Stelle erreicht hatten, waren wir verschwitzt. Es gab Mulden im Hang, die von Buschwerk umstellt waren. Unreinheiten in der Haut des Bergs, abgewandt, in die wir uns versenkten. Im März, April, solange noch Schneeflecken lagen, mußten wir stehen. Aneinander verwachsen, gabelten wir uns über der Taille, ein dunklerer Ast bewegte sich leicht. Darin, von helleren Zweigen gehoben, flatterte, bebte meine Brust. Dann wieder lehnte ich an fremder, harter Rinde, spürte die Kanten auf meinem Hinterkopf, während Georg den Vorhang meiner Kleider teilte und mir beide Brüste an die Sonne hob. »Kann uns jemand sehen«, sagte ich und sagte es nach ein paar Sekunden wieder. Der Gedanke, es beobachte uns jemand aus halber Ferne, verließ mich nie. Georg nahm einen verdorrten Grashalm und ziselierte die Falten meiner vom Wind gekräuselten Brustwarzen nach. Er legte mir seine heißen Hände über die Brust, wärmte mich, verschloß mich wieder. Er zeichnete, schraffierte mich, er gab mir Kontur. Er trug mein Bild dutzendfach im Kopf, oder er vergaß es so schnell wieder und mußte sich jedesmal aufs neue vergewissern.

Später, als es wärmer wurde, lagen wir im Laub unserer Kleider. Fichtennadeln klebten sich an die Ellbogen. Wenn man sie herunterlöste, blieben kleine rote Striche zurück. Ich fürchtete alle diese Wundmale. Georg sammelte Blätter, Flechten, Knospen, Lianen, er kaufte mit vollen Händen ein. Er behängte, besteckte mich, er machte ein Waldmädchen aus mir, er zog mir die Decke des Waldes über, so daß mein Arm, mein Bauch verschwanden. Unter der Rinde klopfte mein nacktes Herz vor Angst. An einem Juninachmittag brachen drei Spaziergänger in unser Geheimnis. Ich kannte sie, der eine Mann war mit meinem Großvater in die Schule gegangen. Georg stellte sich vor mich, es fiel kein Wort. Der Hund des Ehepaars fand eine andere Spur, das war unsere Rettung. Die Gesichter kehrten sich weg, das rosa Dirndlkleid der dicken Frau hüpfte durch den Wald, wurde kleiner. Ich stand auf, weinend, bürstete mir grob die Nadeln und Blätter, das ganze dumme, eklige, widerliche Zeug vom Leib, zog mich an, hörte im Geist die Leute meiner Mutter berichten. Ich rannte durch den Wald, in die andere Richtung, auf einem kleinen Pfad, in den Tritte mit Holzstämmen gelegt waren. Ich sprang links, rechts, mit jedem Schritt eine Stufe nehmend, deren Abstand unsinnig weit war, so daß man jedesmal mit vollem Gewicht auftrat. Ich machte Gelübde, ich versprach, nie wieder – nie wieder, ich brachte es nicht einmal fertig, das Unsagbare im Kopf auszusprechen. Was Georg und ich in unseren Verstekken gemacht hatten, mußte bestraft werden. Der Nachbar, die patrouillierenden Lehrer des Nachmittags, die naturverrückten Pensionisten – ich haßte diese Erwachsenen, die nur darauf aus waren, etwas zu erspähen.

Als ich heimkam, war niemand da. Meine Mutter hatte Besuch aus Übersee und war bei einer gemeinsamen Freundin eingeladen. Mein Bruder war wohl bei einem Nachbarjungen spielen. Ich wusch mir das Gesicht, die Arme, ich überprüfte mich mit Abscheu im Spiegel. Kurz darauf läutete das Telefon. Es war Georg, der mich zu beruhigen versuchte. Wir gerieten in einen Streit. Schließlich sagte ich, es sei ohnedies verrückt gewesen und verantwortungslos, an diesem Tag in den Wald zu gehen, wenn er in Kürze seine Entscheidungsprüfung in Latein habe.

»Ich kann lernen, soviel ich will«, schrie Georg, »er wird mich nie durchkommen lassen! Und wenn sie mich dieses Jahr nicht kriegen, dann nächstes Jahr bei der Reifeprüfung. So einer wie ich hat keine Chance. Aber ich werde kämpfen! Ich werde kämpfen!«

Ein paar Augenblicke lang ließ ich mich von der Hoffnung quälen, ich müßte meinem Vater nur sagen, daß Georg und er dieselben Feinde haben, diese CVer, diese Pfaffen, die im Gemeinderat saßen und nur verhinderten, verhinderten. Aber mein Vater konnte sich unmöglich auf einer Seite mit Georg befinden. Georg bezeichnete sich selber als »national«. Mein Vater hatte nichts zu tun mit der verborgenen Quelle, in der Georg sich insgeheim stärkte für die Ungerechtigkeiten an der Schule. »Dein Vater ist wahrscheinlich ein Roter«, sagte Georg.

In den folgenden Tagen belauschte ich das Haus, ob irgendwo, wie Spinnweben oder Fledermäuse, die Sätze der Spaziergänger hingen. Meine Mutter war so beschäftigt mit ihrem Besuch, daß sie sich weniger um mich kümmerte. Trotzdem fürchtete ich, gerade dieser Besuch könnte der Anlaß sein, daß sie auf der Straße von jenen Leuten angeredet würden. Es konnte gut sein, daß diese Freundin meiner Mutter die Leute von früher kannte. Georg fuhr über das Wochenende zu einem Treffen mit Freunden nach Wien, was mir angesichts seiner Lateinprüfung als besonders unvorsichtig erschien. Am darauffolgenden Montag wartete er nicht wie sonst, fünf nach sieben, auf dem Schulweg. Ich blieb eine Weile stehen, ging hin und her, machte aber nicht die Runde zur Wohnung seiner Eltern. Knapp vor dem Läuten kam ich in die Schule. Ich hoffte die ersten drei Stunden, er würde in der Pause zu mir kommen. Zu seiner Klasse zu gehen hatte ich nicht den Mut. Kaum war ich zuhause, rief ich ihn an. Seine Mutter sagte mir, es gehe ihm nicht so gut, aber er werde am nächsten Tag wieder in der Schule sein. Als ich sie fragte, was ihm fehle, lachte sie fremd.

Am Dienstagmorgen wartete er wieder auf mich. Er hatte merkwürdige Augen, als habe er geweint, aber ohne Kummer. Er schüttelte den Kopf und lachte, wie um seinen Blick in die richtige Position zu bringen, aber gleich hinter seiner Netzhaut schien nur noch Leere zu sein. Ich fragte ihn, was mit ihm los sei. Seine Stimme war rauh, manchmal brachen Laute ab.

»Das Stiftungsfest der Goten in Wien.«

»Wann bist du zurückgekommen?« fragte ich.

»Gestern früh.«

»Montag früh?«

Er legte seinen Kopf auf meine Schulter und murmelte etwas in meine Halsgrube. Ich spürte sein Haar an meiner Wange, ich roch sein Rasierwasser, und ich roch, was mit mir nichts zu tun hatte. Als er wieder aufblickte, sah er nur noch müde aus. Er hatte Falten um die Augen. Keine Farbe im Gesicht, seine Blässe hatte etwas Pathetisches, Männliches, etwas, das mir bedeutete: Das verstehst du nicht. Ich fragte ihn: »Wie willst du in diesem Zustand deine Lateinprüfung bestehen?«

»Nunc est bibendum«, sagte er mit Achselzucken und schiefem Lächeln. »Man muß leben, das ist Latein, das ist Horaz. Was weiß der lahme Arsch, der mich prüfen will, von Horaz?« Aber so, wie er es sagte, war es kraftlos. Er schien sich mit Sätzen zu begnügen, die ihm ans Ufer gespült wurden. Und er war seiner Prüfung gegenüber auf eine Weise gleichgültig, die ich als Beleidigung empfand.

»Weißt du nicht, wie wichtig es ist, daß du diese Prüfung bestehst? Wie wichtig das für uns ist?«

Er weigerte sich, einen Zusammenhang zu sehen. »Ich liebe dich«, sagte er, »egal, ob du durchfliegst oder nicht. Ich will, daß du mich auch so bedingungslos liebst.«

Georg bestand seine Prüfung nicht, das hieß, er mußte im Herbst eine Wiederholungsprüfung machen, dafür kam keine Nachricht von den Spaziergängern. Im Sommer fuhr meine Mutter mit uns und mit meiner Großmutter nach Italien ans Meer. Weil meine Mutter ohne Mann in den Urlaub fahren mußte und weil sie zuckerkrank war wie ich, waren wir Gäste zweiter Klasse. Zum Frühstück wollte sie für uns statt der süßen Marmelade zwei weiche Eier. Jeden Morgen kam zuerst die Marmelade, aber keine Eier. Wenn wir einmal Zitronenlimonade ohne Zucker wollten, warteten wir eine Ewigkeit. Ich konnte sehen, wie meine Mutter unter diesen Schikanen litt. Die Spaghetti teilte sie in ungefähre Portionen, nach denen sie zu berechnen versuchte, wie viele Weißbroteinheiten die Mahlzeit enthalte. »Das sind mehr als vier WBE«, sagte sie oft, und das hieß, daß wir nicht alles essen durften. Meistens aß mein Bruder, manchmal auch meine Großmutter den Rest. Eines Tages tauchte Georg auf, am späten Nachmittag, unrasiert, mit einem Seesack über der Schulter. Das Abenteurerlächeln, als habe er schnell noch mal in den Spiegel geschaut.

Meine Mutter duldete, daß wir uns im Meer miteinander aufhielten. Zu unserem Schirm sollte er besser nicht kommen. Hatte mein Vater am Ende vergessen, das Meer ausdrücklich in sein Verbotsgebiet einzubeziehen? Wir liefen nebeneinander ins Wasser. Er war braungebrannt und sah aus, als würde er es mit jedem aufnehmen, der mich hier nicht höflich genug behandelte. Sowie das Wasser uns bis zur Brust stieg, umfing er mich an den Hüften, zog mich zu sich. Ich hockte auf seinen Schenkeln, und wir hüpften über den Meeresboden wie über den Mond, der damals gerade zum erstenmal betreten wurde. Ich hatte am Abend davor einen Bericht im italienischen Fernsehen gesehen, als ich von meiner Mutter in die Bar um Zitronenlimonade geschickt worden war. Es hatte noch länger als sonst gedauert, bis mich der Kellner, den ich mit »Prego, signore« auf mich aufmerksam zu machen versuchte, überhaupt wahrnahm.

Ich spürte, wie Georgs gekrümmter Finger unter meine Bikinihose griff, den Steg hinunterzog, sich verhakte. Ich fürchtete, man könnte an unseren Köpfen ablesen, was im Schutz des Meerwassers geschah, und begann, irgend etwas Unverfängliches zu reden, als könnte meine Mutter uns über die Entfernung hinweg hören. Ich wollte aber nur, daß mein Gesichtsausdruck nichts davon erzählte, wie mich ein Finger – oder waren es zwei, drei – kraulte, kämmte, strähnte, dünn pflügte. Wie mich der Finger beklopfte, wie er mich drückte, als müßte mein Fleisch etwas versteckt halten. Ich folgte dem Druck von Stelle zu Stelle, winzigste Verschiebungen, das Echo auf jedes Drücken ging im nächsten auf. Ich sprang weich auf den Meeresboden und schwankte mit weiten Schritten ein bißchen umher. Georg tauchte mit großer Gebärde unter und verschwand für einige Meter. Ich legte mich auf den Rücken und spürte meine Haare bis zum Ansatz davonschwimmen. Ich wurde nur langsam braun, meist reichte der Sommer nicht. Ich bewunderte Georgs Mut, mir nachzufahren. Seine Anwesenheit machte mir auch Angst und Unbehagen, aber seine Kühnheit, die Art, wie er nicht fragte, sondern höchstens Gegebenheiten zur Kenntnis nahm, waren größer, ließen ahnen, daß er irgendwann einmal recht bekommen würde. Manchmal machte er den Eindruck, er warte mit Lust auf seinen Augenblick – womit auch immer er diesen Augenblick füllen würde.

Er stieg wie eine Fontäne aus dem Wasser und warf sich in meine Richtung. Die Haare klebten ihm auf der Stirn, er schleuderte das Wasser weg, fuhr sich mit den Fingern durchs Haar. »Fantastisch!« rief er. »Einfach fantastisch!« Er küßte mir das Salzwasser vom Gesicht, jeder Kuß ein Ton mit besonderem Nachdruck. Weiter gegen den Strand zu stand meine Großmutter. Sie bückte sich, um kleine Portionen Wasser auf ihren Bauch zu schöpfen. Mein Bruder schlug mit einer Plastikschaufel um sich, bespritzte meine Großmutter, die sich aber offenbar nur halb wehrte. Er zeigte mit der Schaufel auf uns und schrie. Georg lachte. Ich glaubte ihm, daß wir glücklich waren.

Am Abend schaffte ich es irgendwie, eine halbe Stunde Ausgang zu bekommen. Es war neun oder halb zehn. Ich hatte mich mit Georg bei einer Strandkabine verabredet. Er kam mir über den Parkplatz des Hotels entgegen. Er trug seine Jeans, die einzigen, die er mithatte, und ein weißes, kurzärmeliges Hemd aus einem dünnen Strickstoff. Als er auf dem Parkplatz vor mir stand, schämte ich mich, daß ich sein Hemd nicht mochte. Er übernachtete, ich wußte nicht, wo. Irgendwo am Strand. Er hatte wenig Geld, aber das war ihm gleichgültig. Er liebte mich, obwohl meine Mutter ihn wie einen Aussätzigen fernhielt, obwohl meine Großmutter die Gebote ihres Schwiegersohns hütete wie einen Hund, den man in Pflege genommen hat, er liebte mich, obwohl mein kleiner, achtjähriger Bruder alles tat, uns zu überführen. Mein Vater hatte rund um unsere Familie Hecken aufgezogen, die nicht nur verhindern sollten, daß jemand Einblick in unser Leben bekam. Wir sollten davon abgehalten werden, uns draußen mit jemandem in Verbindung zu setzen. Meine Freundinnen, die wenigen Bekannten meiner Mutter, die langsam einzukalkulierenden kleinen Freunde meines Bruders – alle wurden verächtlich gemacht oder zumindest mit Mißtrauen besprochen. Einmal kam unangemeldet ein Kriegskamerad, ein Deutscher, den mein Vater in der Gefangenschaft kennengelernt hatte. Sie waren gemeinsam geflohen. Er kannte die Regeln nicht, er schneite einfach ins Haus. Uns kam er unwirklich vor, ein fröhlicher, dicklicher kleiner Mann, der aussah wie Heinz Rühmann. Wir hatten auch kaum Verwandte. Verwandte hatten nur arme, primitive Leute. Wäre Georg in unser Haus aufgenommen worden, hätte er mich dort besuchen dürfen, hätte er damit eine Seuche eingeschleppt – die Tatsache, daß er Eltern hatte, eine Schwester, Nichte, Großmutter.

Georg umarmte mich. Ich trug einen kurzen, naturweißen Leinenrock, dazu den lindgrünen Rippenpulli mit kurzen Ärmeln, den ich mir ein paar Tage zuvor auf einem der Straßenmärkte hatte kaufen dürfen. Der Pulli brachte meine schwache Brust ein wenig mehr zur Geltung, weil sich die Rippen gutmütig um jede Wölbung bauschten. Wir gingen die kurze Straße zum Strand hinunter, setzten uns dort auf die niedrige Mauer. Sie war noch immer warm. Ich zog die Schuhe aus und strich mit den Füßen im Sand hin und her. Georg saß mit hinten aufgestützten Armen und schaute in den Himmel. Dann senkte er den Kopf zu meinem Oberarm hin, schnüffelte auf und ab, schob mit der Nase den Ärmel ein wenig hoch. Der Sand fühlte sich angenehm kühl an. Nichts mußte so bleiben, wie es war. Wenn man mit der Ferse bohrte, stieß man irgendwann auf festeren Boden. Dann kehrte man die Stelle einfach wieder zu. Wir redeten miteinander aufs Meer hinaus. Weiter vorn zeichnete sich als dunkler Schemen eine Sandburg ab. Die Schirme standen wie Soldaten, Hände an der Naht. Es war noch nicht ganz dunkel geworden. Von hinten kamen die Stimmen aus den Lokalen, von den Terrassen der Hotelrestaurants, von der Straße. Es war ein entferntes Fröhlichsein, es waren beschützte und zugleich offene Familien, die über die Gehsteige zogen. Wäre mein Vater ein anderer gewesen, hätte ich ihn herbeigesehnt, damit er mit uns in eins der Lokale gegangen wäre, mit uns durch diesen Strom des heißen, lauten Italien geschwommen wäre. Meine Mutter hatte keine Sprache für diese frechen Strandwärter, die uns einen Liegestuhl vorenthielten, für die Kellner, die uns ignorierten, für die Obstverkäufer, die uns absichtlich falsch verstanden. Georg fragte mich, wie lange er bleiben solle. »Am liebsten die ganze Zeit«, sagte ich.

Wir nannten meinen Vater das Damoklesschwert. Georg kannte sich mit Waffen aus. Ich fürchtete die Narbe auf seiner Stirn und bewunderte sie zugleich. Die Mensur war seine Formel für das, was mir am schwersten fiel: die Angst zu überwinden. Wenn er sagte: »Am Wochenende steige ich in die Mensur«, dann wußte ich, er würde sich kostümieren, Samtrock, Schaftstiefel, in ein Gewölbe, ein anderes Jahrhundert treten mit schweren, breiten Schritten, sich polstern und schützen, Drahtbrillen wie ein Schweißer, aber seine Wangen, sein Kinn, seine Schläfen, seine Stirn, der Kopf würden dem Stechen und Ritzen, dem Schlagen ausgesetzt bleiben. Je nach Geschick des anwesenden Arztes würde sich der Schmiß später als glatte, rote Furche präsentieren, über die man hinwegsehen konnte, oder als böser Graben, in den der Blick hineinstürzte. Zusammengenähtes Wangenfleisch. Ehe mir irgend jemand anderer etwas über schlagende Verbindungen, über Männerbünde und Rituale erzählen konnte, hatte Georg bereits alle Verleumdungen entlarvt. »Nein«, sagte ich noch als Studentin in Wien, »sie streuen sich nicht Pfeffer in die offenen Wunden. Nein, sie sind nicht erpicht darauf, so viele Schmisse wie möglich zu bekommen, im Gegenteil.«

Georg lehrte mich im Gesicht seiner Bundesbrüder lesen, die ich mitunter zu sehen bekam. Daß ein bestimmter Strich über das Kinn nur von einem Linkshänder ausgeführt worden sein konnte. Wie man eine Quint schlägt. Wie sich das Lachen durch einen festgekratzten Zug im Mundwinkel für immer verzerrt hat. »Wer einen Schmiß hat, dem kannst du trauen, er ist einer von uns.« Wenn Georg aus seinen düsteren, funkenschlagenden Wochenenden zurückkam und nur eine blutige Kruste am Kopf, im Haar versteckt, hatte, atmete ich auf und stickte dankbar ein Motiv in sein durchlöchertes Couleur. Ich hielt das blaue Samtbarett in der linken Hand, drehte es auf meiner Faust herum, befingerte die bereits vorhandenen Ornamente, strich über die Fäden der Stickseide. Bunte Narben zum Herzeigen und Vergleichen. Wer kein Mädchen hatte, bat die Mutter oder die Schwester und erfand eine Geliebte. Ich drückte die Nase gegen den weichen, sich kaum sträubenden Samt. Es war der Schweiß der Bude, aber es war auch der Pfeifentabak dabei, der zu meinem ersten intimen Männergeruch gehörte. Es war das Gerede von Deutschland drin, das ich, bar jeden Geschichtsunterrichts, für ebenso aufregend hielt wie die Worte Brust oder Scheide. Ich wurde ein deutsches Mädchen in Österreich.

***

Ich war in meine Träume hineingewachsen. Georg hielt mir seine hin wie einen Mantel, in den ich schlüpfte, wenn es regnete. Es machte nichts, daß die Ärmel mir bis zu den Fingern reichten, daß ich den Mantel fast doppelt übereinanderschlagen konnte. Ich fühlte mich geborgen und beschützt in dem dunklen, gefütterten Gewand. Im Kopf focht ich mit meinem Vater. In unserem Haus, in seinem Arbeitszimmer mit dem rot-schwarz-gemusterten Teppich, mit seinem riesigen Schreibtisch, brachte ich kein Wort hervor. Meine zaghaften Versuche, etwas in Frage zu stellen, hatten dazu geführt, daß er meine Welt umkippte. Alles rutschte davon, mir sauste der Kopf von diesen kurzen Fragen, die mich aus den Angeln hoben. »Was sagst du da? Antworte!« Unter meinen Beteuerungen, »Nichts, nichts«, zog sich der Zorn allmählich zurück. Der Boden senkte sich wieder, man sah wieder aus dem Fenster. Ich wurde die Munition, mit der Georg mich gegen meinen Vater lud, nicht los. Ich saß in Georgs Zimmer, wohin ich nun immer öfter kam, und hörte ihm zu, wie er auf seinem Klavier meinen Vater besiegte.

Auf dem Schulweg überreichten wir uns die Briefe, die wir einander am Abend geschrieben hatten. Wir trafen uns, sooft es ging. Kaum trennten wir uns, griffen wir nach der Füllfeder: »Eben haben wir uns verabschiedet. Es drängt mich, Dir zu sagen, wie sehr ich Dich verehre.« Ich stand ihm bald im Schwärmen nicht nach. Die Briefe wurden vier, sechs, zehn Seiten lang. Wenn ich seine Kuverts öffnete, unter der Schulbank die gefalteten Blätter im Umschlag auseinanderspreizte und zählte, sah ich auch, wie viele davon bloß mit Gedichten beschrieben waren. Seine Tinte war nicht das gewöhnliche Schulblau, sondern ein etwas matteres Preußischblau, ähnlich seinem Couleur. Ich verlor mich in den Schriftzügen mit den schwungvollen Großbuchstaben, den ungeduckten, nach beiden Seiten hin offenen Wörtern, den mit einem Winkel an der rechten Seite abgemauerten Ausrufezeichen, die die Vergötterungen meines Wesens zementierten. Es waren dieselben Zeichen, die Georg in seinen verschnörkelten burschenschaftlichen Gruß malte. Mit diesen Zeichen tapezierte ich in Kunsterziehung den gesamten Hintergrund zu einem Frauenkopf und schwieg nur verschwörerhaft, als mich mein hilfloser Lehrer fragte, was das bedeute. Ich erlebte zum erstenmal, wie mich jemand mit Sprache überschüttete. Ich mußte Georg nicht fragen, ob er mich liebe. Georg versicherte mich dessen unentwegt. Er gab das Maß vor für meine späteren Ansprüche. Zugleich aber ließ er zu, daß seine Wörter immer größer, die Schlingen immer weiter wurden. Sie hielten den Sinn nicht mehr. Ich begann, durch sie hindurchzusehen. Gegen Ende meiner ersten Liebe nahm ich die prallen Kuverts entgegen wie Brieftaschen mit vielen großen Dinarscheinen.

Spätestens nach meiner Reifeprüfung, wenn ich in Wien studieren würde, würden wir unsere erste gemeinsame Nacht verbringen. Zusehen, wie es dunkel wird. Keiner muß nach Hause gehen. Endlich kann man bleiben, so lange man will. Irgendwo zwischen diesen unzähligen Beschwörungen unseres wartenden Glücks lernte ich allmählich widersprechen.

»Du bist rein«, sagte Georg. »Du bist mein reines Mädchen.« Aber war ich nicht befleckt mit meiner Krankheit? Ich erinnerte mich, wie ich mit dreizehn meinen Mitschülerinnen gezeigt hatte, wo ich mir zum erstenmal an diesem Morgen selbst Insulin in den Oberschenkel injiziert hatte. Niemand hatte mich bewundert. Ich hatte nur ihre Abwehr gespürt, ihren Widerwillen, ihre Angst. Ich verbot meiner Krankheit das Wort. Als sie bei Georg wieder zur Sprache kam, schien sie mir älter zu sein als ich. Sie gab mir plötzlich einen gefährlichen Ernst. Ich hatte eine Erbkrankheit. Georg wollte Kinder. Wir überlegten uns Namen für unseren Sohn – Dietmar? Tillfried? Wenn die Worte vom *gesunden Volkskörper* fielen, fragte ich mich, was ich zu diesem strotzenden Gespenst beitragen würde. Wäre ich früher nicht in den Verdacht gekommen, *unwertes* Leben weiterzugeben? Hätte man mich nicht sterilisiert? Georg liebte mich. Daran zweifelte ich keinen Augenblick. Aber ich war nicht *rein*, auch wenn er es mir noch so oft schwor. Jeden Morgen, jeden Abend stach ich in meinen bewunderten Körper, den ich haßte. Georg hatte all die Monate hindurch einen anderen Körper in mir aufgebaut, der mich den ungehorsamen Körper manchmal vergessen ließ. Hätten meine Eltern mir erlaubt, jene so herbeigesehnte Nacht mit Georg zu verbringen, dann hätte Georg gesehen, wie ich Insulin in die Spritze zog, mir mit zwei Fingern einen kleinen Wulst auf dem Oberschenkel zusammendrückte und die Nadel hineinstieß. Dann wären der bewunderte und der gehaßte Körper einander auch in Georgs Kopf begegnet.

Es kann sein, daß diese Begegnung mit jener anderen, angeblich unvergeßlichen zusammenfiel. Ich habe keine Erinnerung an die erste gemeinsam verbrachte Nacht, und ich habe keine Erinnerung daran, wie sich Georg erstmals und unwiderruflich in mich senkte. Nur das Davor, dann für immer das Danach. Vielleicht warteten wir die Nacht gar nicht erst ab. Viel wahrscheinlicher ist, daß es bereits am Nachmittag geschah, an einem jener freien Studentennachmittage. Ich hatte ein Zimmer in einem freizügigen sozialistischen Studentenheim. Es gab keine Besucherkontrollen wie in den katholischen Heimen. Mädchen und Burschen wohnten zwar in getrennten Häusern, aber auch das wurde bald aufgelockert. Es kann in jenem Zimmer mit den blauen Vorhängen, dem blauen Linoleumboden, den blauen Duschfliesen, den schmalen blauen Matratzen gewesen sein. Ich erinnere mich an das schmatzende Geräusch, mit dem das Schiebefenster immer ins Schloß rutschte, daran, wie der kleine verstellbare Duschkopf in meiner Hand lag, an das Gewicht, mit dem der Klapptisch mir in die Hände fiel. Ich weiß nicht mehr, wie der Schlüssel aussah, mit dem ich hundertmal mein Zimmer aufsperrte, den ich allzu oft ganz leise im Schloß herumdrehte, wenn ich mich vor dem Lärm, dem Lachen, dem wütenden Feiern der Kärntner Gangnachbarn verstecken wollte. Ich weiß nicht, welchen Anhänger dieser Schlüssel hatte oder ob die Zimmernummer 212 in das Metall gedruckt war.

Es kann auch in Georgs Zimmer im Haus der akademischen Burschenschaft gewesen sein, deren Mitglied er mit Studienbeginn geworden war. Ob wir allein in dem Haus waren, ob im Nebenzimmer der Jusstudent gerade für eine Prüfung lernte, ob in der Gemeinschaftsküche die anderen Burschenschafter Bier tranken oder eine Büchse Gulyas wärmten, ob ich Angst hatte zu stöhnen, zu schreien, zu laut zu seufzen, weiß ich nicht. Keine Erinnerung an auseinandergeschlagene, dann leicht hochgezogene Schenkel. Kein Weiten, Dehnen, Stoßen; nicht, wie die Grenzen meines inneren Raums fühlbar werden für mich. Kein Atem am Ohr, keine Lippen, die meine Schulter küssen, kein Flüstern, kein Ton. Keine Jahreszeit, keine Kleidung, die Zeuge war. Kein erstes Einklicken der Angst.

Aber die Angst führte heraus aus dem vergessenen Erlebnis. Wann immer ich mit Georg schlief, fürchtete ich, schwanger zu werden. Immer drohte mein gehaßter Körper meinen bewunderten, begehrten Körper ins Unglück zu stürzen. Da ich wegen meiner Krankheit die Pille nicht nehmen sollte, begann ich Tage zu zählen, Temperatur zu messen, mich auf Georg zu verlassen. War der gehaßte Körper seit einigen Jahren bereits beobachtet worden, so wurde nun auch der begehrte Körper ins Regime genommen. Beide liebten es, mich immer wieder auf die Folter zu spannen. Um drei Uhr nachts, wenn die Geister Schicht wechseln, trieb mich meine Krankheit in Schweißausbrüche. Ich erwachte in einem tropischen Zimmer. Ich war, ohne es zu bemerken, verlegt worden, transportiert, verschleppt. Ich kannte mich nicht aus, ich suchte nach meiner Geschichte. Ein Wecker stand auf dem Klapptisch und hatte zwei ungleich lange, grünleuchtende Zeiger. Mein Nachthemd klebte mir auf dem Rücken, vorn lief mir der Schweiß hinunter. Ich knüllte das Nachthemd über der Brust zusammen und wischte mir mit dem durchnäßten Stoff den Schweiß ab. Ich riß mir das Nachthemd über den Kopf, stand ratlos im Zimmer, irgend jemand hatte Licht gemacht. Geschirr vom Abend, Bücher, Kleider. Der dichte blaue Vorhang. In meinen Kniekehlen gräbt jemand beharrlich meine Kraft ab. Ich setze mich wieder aufs Bett, ich versuche, Ordnung in dieses Zimmer, in diese Person zu bringen. Ich muß tagelang nichts gegessen haben, so hungrig bin ich. So viel weiß ich, daß ich nackt nicht auf den Gang laufen kann zu meinem Kühlschrankfach. Ich sehe den Traubenzucker liegen, in dem Regal beim Klapptisch. Der rote Faden. Oft reißt er zu früh. Meine Hände zittern wie im Schüttelfrost. Das Cellophan fällt endlich herunter. Traubenzucker wird viel zu hart gepreßt, es kostet Mühe, so ein Stück auseinanderzubrechen, wenn man keine Kraft in den Händen hat. Zwischendurch habe ich meine Versuche immer wieder aufgegeben und mir ein Stück Banane in den Mund gestoßen. Der gehaßte Geschmack von Bananen, die so praktisch sind, weil man sie in ihrer Schale überallhin mitnehmen kann. Kommt mir etwas Unberechenbares dazwischen, kostet mich etwas zuviel Energie, dann schreit mein Körper. Der Traubenzucker löst sich langsam in meiner Mundhöhle auf. Wieder habe ich zuviel gegessen in meinem Heißhunger. Wieder werde ich am Morgen mit einem Geschmack wie auf Dächern aufwachen. Ich habe keine Lust, darüber nachzudenken, was ich am Abend falsch gemacht habe, zuwenig gegessen, zuviel gespritzt, aber ich spritze immer gleich viel, also zuwenig gegessen, zuviel angestrengt. Dies sind die siebziger Jahre. Ich habe noch kein Blutzuckermeßgerät, mit dem ich später viermal täglich den gefangenen Idioten in mir kontrollieren werde. Sollte in einem der Studentenhäuser gegenüber, insgesamt sind es fünf Gebäude, jemand das Licht in meinem Zimmer sehen, wird er denken, ich lerne für eine Prüfung. Ein Problem lasse mich nicht schlafen, der Index einer Seminararbeit, die althochdeutsche Grammatik, der Stoffwechsel irgendwelcher Meerestiere. Mit einem Handtuch wische ich die letzten Spuren meines Kampfes ab. Ich suche ein trockenes Nachthemd, trinke noch mal Wasser, aber der Morgen bereitet sich schon vor, tief in mir. Es ist zwanzig nach drei. Ich bin erschöpft, irgendwie dankbar, die Panik ist weg. Wenn Georg mich fragen wird, wie hast du geschlafen, was hast du geträumt, werde ich sagen, ich bin um drei aufgewacht, ich hatte zuwenig gegessen. Ich werde das Wort »Hypo« nicht verwenden, weil es mir verhaßt ist. So muß es Epileptikern gehen, wenn sie einen Anfall hatten, oder Asthmatikern. Der Himmel krampft sich mit weißen Blitzen und gibt keinen Laut von sich. Meine Gedanken brechen vor dem Ende ab. Ich will den Schluß eines Satzes zurückholen, aber er ist schon so weit weg. Die Panik ist wiedererkennbar. Aber erst, wenn sie überstanden ist. Wenn ich nicht mehr wie eine glühende Eisscholle ohne Kompaß treibe, ständig in neue Eisschollen zerbrechend, mich vermehrend und immer enger werdend dabei. »Was hast du geträumt? Wann können wir wieder miteinander schlafen?«

»Wenn ich mir sicher bin, daß das der Eisprung war, diese winzige Erhöhung der Temperatur.« Georg beruhigte mich. Er las nach, er fragte irgendwelche Bundesbrüder, die Medizin studierten und schon weiter waren als er. Er verschob seine Prüfungen immer wieder. Es gab immer Ältere, die dies oder das, die Gyn oder die Neuro schon gemacht hatten, die ihm ein Wissen zuspielten, dem ich nie ganz traute. Es hatte einen metallischen Geschmack, es war nicht auf dem neuesten Stand. Was in Georgs Kopf drang, kam in ein ganz strenges Gelände mit festen Regeln. Freches Wissen bockte nicht lange herum. Es trabte bald die vorgeschriebenen Pfade entlang, die Eisenspange über der Zunge. Einmal verspätete sich meine Regel länger als üblich. Ich horchte in mich hinein, während ich in einer Vorlesung über Elisabethanisches Drama saß. Mord und Totschlag, Blut in Strömen. *The Duchess of Malffi*. Ich las die vorgeschriebenen Theaterstücke in dem violetten Paperback, das ich mit durchsichtigem Plastik eingebunden hatte wie meine Schulbücher. Sommersemester 1972. Christopher Marlowe. *The Jew of Malta.* Vier Jahre später notierte ich in meiner Vorlesungsmitschrift zur Ergänzung: Nationaltheater Weimar, Oktober 1940, berüchtigte NS-Aufführung, Antisemitismus. Vorerst aber wartete ich auf die gütigen Krämpfe, die mich erlösen würden. Schließlich öffnete ich mich dem unbekannten Gesicht eines alten Frauenarztes, einem von uns. Er untersuchte mich, beruhigte mich, gab mir Tabletten. In ein paar Tagen hatte ich die Regel. Der alte Herr hatte das verstockte Blut in mir gerührt.

Ich mied die Gelegenheiten, die als Alte Herren titulierten Akademiker der Burschenschaft zu sehen. Große Gesellschaften waren mir seit jeher ein Greuel gewesen, ich hatte sie kaum je miterlebt. Ich nahm an den wenigen Festen, zu denen auch Frauen zugelassen waren, nicht teil. Eine Zeitlang wohnte ich in Georgs Zimmer, obwohl das Haus für Frauen eigentlich gesperrt war. Ich schlief in seinem Zimmer, ich wusch mich in der gemeinschaftlichen Waschecke mit dem schmutzigen Spiegel, in dem die drei, vier Burschenschafter, die das Haus bewohnten, am Morgen beim Rasieren ihre Schmisse betrachteten, ich ging aufs kalte Klosett im Stiegenhaus und las, was auf dem Fensterbrett lag. Ich las mir Argumente an, die Georg noch verfeinerte. Ich kaufte fürs Mittagessen ein, ich brachte Orangensaft aus Israel mit und hielt einen kleinen, verbissenen Studenten davon ab, ihn in den Ausguß zu leeren. Ich versah Telefondienst, wenn alle zu tun hatten, ich hielt einem keuchenden Georg den Hörer hin, den er mit weitabgewinkeltem Arm entgegennahm, weil er einen wattierten Fechtschutz trug. »Stapo«, flüsterte ich und grinste. Auf den Fechtboden durfte ich nicht.

Wenn ich von einer Vorlesung, einem Proseminar, einer Übung nach Hause ging zu Georg, begleitete mich ein Student, den ich im ersten Semester kennengelernt hatte, bis zu einer bestimmten Ecke. Weiter durfte er nicht gehen, weil uns dann Georg hätte sehen können, wenn er zufällig das Haus verlassen hätte. Mehr als ein Jahr lang betrog ich Georg, während ich mich noch in seinen Ideen herumtrieb. Dem Mann gegenüber, der mich langsam und geduldig, manchmal zu geduldig, aus dieser ersten Liebe löste, verteidigte ich Georgs Mensuren. Kam ich ins Burschenschafterhaus, brach ich Streit vom Zaun über das Fechten.

Stundenlang saß ich mit Christoph auf der schmalen Dachterrasse des Universitätsgebäudes, trank Kaffee, ließ mich auf eine neue Sprache ein. Christoph war häßlich. Er hatte dünnes, strähniges Haar, zu große Zähne, einen unruhigen Blick, der in seinem schiefgelegten Kopf auf- und abrutschte. Georg hätte nur gelacht. »Ich kann es ihm nicht sagen«, sagte ich und drückte einen von Christophs großen Fingern. Er hatte wie ich auf dem Mittelfinger der rechten Hand eine rote Schwiele vom Mitschreiben in den Vorlesungen. Er rauchte. Er spielte in einem Studententheater. Er trug Reclam-Heftchen bei sich, aus denen er mir vorlas. Er rollte die eine Hälfte dieser Reclam-Texte ein, während er mir daraus seine Lieblingsstellen halb las, halb rezitierte. »Ich kann es ihm nicht sagen.« Wenn Christoph mich küßte, nahm er seine Brille ab, beugte sich mit seinem riesengroßen, suchenden Blick zu mir und ließ mich an seine weichen Lippen, seine nach Zigaretten schmekkende Zunge stoßen. Oft zitterte er, wenn er die Augen wieder öffnete. Er suchte und suchte. »Du mußt es ihm sagen.« Aber wenn ich nach dem Abschied ins kühle Haus der Burschenschaft trat, redete ich mir ein, es sei nichts gewesen. Ich sei zurückgekehrt in mein treues Leben, das einzige, das Georg kannte. Die Schritte, die er die Treppe hinaufkommen hörte, waren noch immer die Schritte seines reinen, unbefleckten Kindes, das er aus dem bewachten Schloß gerettet hatte. Er verstand nicht, warum ich mich so über seine Orthographiefehler aufregte, wenn ich seine handgeschriebenen Protokolle einer Sitzung in die Maschine tippte.

Ich hielt mit einer Hand, mit einer Schulter weiterhin zu Georg. Der andere Arm fischte in einem klaren See. Ich ließ mir das kühle Wasser über die Haut rinnen, ich spreizte meine Finger gegen die Wellen. Indes härtete sich unter Georgs immer kategorischeren Sätzen meine ältere Seite. Je weniger Hoffnung bestand, daß er die nächste Prüfung schaffen könnte, desto unbedingter sollte ich ihn lieben. Erst in dieser Überwindung bürgerlicher Äußerlichkeiten zeige sich die wahre Liebe. Er drohte mir, sich in die Fremdenlegion abzusetzen. Er rüstete auf, wo er konnte, nur die lächerliche Chemieprüfung machte er nicht. Ich begann mich zu fragen, ob es meine schwindende Liebe sei, die ihm die Kraft für seine Prüfung nahm. Ich log, stritt und log. Ich wußte nicht mehr, war ich aus eigener Kraft nach Wien gekommen? Hatten wir nicht seit dem Tanzkurs auf diese, auf eine solche Zeit gewartet? Alles, was ich von Liebe, von Verliebtsein wußte, hatte ich von ihm. Solange er mich liebte, durfte ich mit diesem Wissen nirgendwo anders hin, in keinen fremden Blick, in keinen fremden Griff. Das alles mußte unter uns bleiben. Ich sah das ein.

Meinen Vater traf ich manchmal am Wochenende zuhause. Ich hatte gelernt, das, was mir wichtig war, geheimzuhalten vor ihm, es zu schützen vor seiner Verachtung. Er wußte von Georg. Er fragte, wie weit er in seinem Studium sei. Er rechnete mir vor, welche Prüfungen Georg jetzt eigentlich schon haben müßte. Ich bemühte mich, seine Fragen so zu beantworten, daß sie nicht zu einem Verrat wurden. Weil ich gegen seinen Willen bei diesem Nichtsnutz blieb, war ich ihm noch einen Sieg schuldig. Je weniger ich Georg liebte, mit desto mehr Trotz mußte ich diese Liebe aufpolstern. War ich wieder in Wien, stürzten die Sätze meines Vaters in Georgs dunkles Zimmer mit den verhaßten Chemie- und Anatomiebüchern. Mit einem einzigen Wort verrieten sie, daß sie übernommene Sätze waren. Du solltest *wirklich* schon im zweiten Rigorosum sein. Und das Wort Rigorosum haßte er ebensosehr wie ich das Wort Hypo.

Georg sah jetzt anders aus neben mir. Ich war noch ein wenig gewachsen, trug ungern Schuhe mit Absätzen. Wenn ein Gehsteig holprig und schief asphaltiert war, wenn ich auf der höheren Seite ging und Georg kleiner war als ich, störte das meine Eitelkeit. Georg war ein wenig dicker geworden, aber nicht viel. Sein Gesicht hatte die scharfen Konturen verloren, in seinem Ausdruck lag etwas Ausgesungenes. Wenn mein Vater mir nicht immer eingeredet hätte, ich könne nicht singen, hätte ich Georgs Legionslieder, seine Burschenherrlichkeit, die Liturgie seiner Kommersbücher gewiß mitgesungen. Ich liebte sein volles dunkles Haar. Seine braunen Augen, in denen er höchstens sich, nie mich betrog. Ich liebte seinen Mund, der so viel fester war als Christophs Mund. Ich spürte, wie ich begann, ihn in einzelne Teile aufzuspalten, von denen ich manche liebte, manche ertrug. Ich würde ihn nie wieder ganz und gar annehmen können.

Ich fuhr zu Christoph. Die Wohngemeinschaft lag in einem Bezirk, in dem ich keine Angst haben mußte, Georg zu treffen. Dennoch fühlte ich mich wie eine Untergrundkämpferin, wenn ich aus der Straßenbahn ausstieg und rasch in dem großen, häßlichen Hof des Gemeindebaus verschwand. Die

Wohnung gehörte einem Architekturstudenten, der das größte Zimmer bewohnte. Er hatte es schwarz ausgemalt. Christoph mußte sein Zimmer mit einem Freund teilen, von dem man nie wußte, wann er kommen würde. Ich lernte dort Althochdeutsch und Mittelhochdeutsch. Ich saß neben Christoph auf seinem Bett, die Beine durchgestreckt, im Rücken ein Kissen. Wir blödelten uns durch die Jahrhunderte, so gut es ging. Wir holten uns nie ein, wir wurden nie ein unbeschwertes Paar auf diesem Bett. Ich betrog Georg mit seiner deutschen Literatur, mit meinem lockenden, süßen Gerede, mit meinen Handgelenken, die nun Christoph umfaßte und als unsagbar zart empfand. Aber Christophs Finger mit der roten Schreibschwiele fuhr gerade einmal meinen Hals entlang oder unter einem Ärmel hinauf. Georg hätte gelacht. Georg brachte mir einen Streifen Paßbilder mit, die er in einem Automaten hatte machen lassen. Man sah es nicht, aber ich wußte, daß er im Sitzen die eine Hand in die Hüfte stützte, Beine weit gespreizt, den Oberkörper vorgeneigt. Hemdkragen offen, die Haare gerade nicht so lang, daß man ihn für einen Linken gehalten hätte. Die Fremdenlegion in den Augenbrauen. Ich schnitt ein Bild ab und steckte es in meine Geldbörse. Wenn ich in der Studentenmensa vor Christoph zahlte, den Zigarettenatem roch, klappte ich die Börse rasch wieder zu. Über den stumpfgespülten Holztabletts der Mensa hinweg, bei Schinkenrollen oder Berner Würstchen mit Ketchup, versetzten wir uns in den Grünen Heinrich. »Du mußt es ihm sagen.«

Als Wahlen zur Studentenvertretung stattfanden, saß ich für Georgs *Ring Freiheitlicher Studenten* in einer Wahlkommission, öffnete Studentenausweise, sah in unbekannte Gesichter, schrieb Namen in eine Liste. Ich hoffte, es würde keiner meiner Studienkollegen kommen, niemand aus den Englischen Sprachübungen, niemand aus den germanistischen oder anglistischen Vorlesungen. Vielleicht würde mich auch jemand von der *Gruppe Revolutionärer Marxisten* anpöbeln. Ich war bei ihren Institutsversammlungen gewesen. Ich hatte Angst davor, in eine Diskussion verwickelt zu werden und mit Georgs Geschützen herumfuhrwerken zu müssen. Ich trug noch manchmal Dirndlkleider, weil ich Christoph mit dem Ausschnitt reizen wollte. In meinem Studienausweis war das Bild eines gescheitelten Rehs. Ich kam mir vor wie eine Hochstaplerin. Die anderen Kommissionsmitglieder waren alle hochschulpolitisch engagiert. Ich war nur die Freundin eines Burschenschafters, der an einem bestimmten Vormittag jede Woche mit seinen Bundesbrüdern und Mitgliedern anderer Burschenschaften in der Aula der Universität einen Bummel abhielt. Ich dachte mir, daß das gut zu dem verbummelten Studenten paßte, der Georg war. Ich erfuhr von ihm, daß der Jude Moritz Schlick auf den Stufen der Universität erschossen worden war.

Im Januar des nächsten Wintersemesters ging ich mit Georg auf den Ball des *Wiener Korporationsringes.* Ich wunderte mich, daß es so viele Professoren mit einem Schmiß auf der Wange gab. Georg nannte mir im Vorbeitanzen die Namen, die dazugehörige Burschenschaft oder Landsmannschaft. Ich hatte nicht das Gefühl, auf der Veranstaltung einer verfolgten Minderheit zu sein, die nach Jahren der großen Koalition und nun unter der sozialistischen Alleinregierung nie die Chance bekam, in eine höhere Position zu gelangen. Ein Perser tanzte so lange Walzer mit mir, bis mir beinahe schlecht wurde. Die ganze Hofburg drehte sich um mich herum. Ich sah mich mitsamt der Hofburg, mit allen wie verrückt walzernden Paaren vom Boden abheben. Irgendwie kam ich zurück zu meinem Platz, zu einem vergoldeten Stuhl oder einer Plüschbank, zu Georg und seinen endlos redenden Freunden. Irgendwie gerieten wir in Streit, und ich rannte die Treppe hinunter, Georg hinter mir her. Irgendwie gelangten wir ins Haus der Burschenschaft, wo ich Georg anschrie: »Ich kann keinen einzigen Satz mehr von dir ertragen!« Ich war nicht betrunken. Ich kotzte ihm nur all die zerklüfteten Fratzen, die Witze, all das Dröhnen und Poltern und Säbelrasseln hin. »Hör auf!« schrie ich, wenn er, zuerst noch in seinem gewohnten Furor, dann immer vorsichtiger werdend, etwas erwidern wollte. Er bekam Angst um mich. Ich wußte, das war die einzige Möglichkeit, daß er mich ausreden lassen würde. Ich schrie. Ich schnappte hysterisch nach Luft. Ich wollte ihn endlich, endlich stummreden. In meinem weißen Ballkleid, das meine Mutter mir genäht hatte, saß ich, lag ich, kniete ich auf seinem Bett. Mit jedem einzelnen Wort wollte ich auf ihn einschlagen in seiner Festung, damit ich endlich freikäme.

Alle deine Himbeersträucher

Die Puppe hatte ein Doppelkinn. Sie hieß *Dicke Lisi* und kam aus Thüringen. Sie saß mit durchgestreckten, gespreizten Beinen gegen ein weißes Spitzenkissen gelehnt. Was sie trug, war am ehesten ein Reisekostüm. Schwarzer Matrosenkragen, gestreiftes Kleid, schwarze Biesen am Rock. Die kleinen Ledersohlen ihrer Schuhe waren sauber. *Biskuitporzellan* stand in der Legende. Sie dachte, daß das gut zu dem Doppelkinn passe. Cellulitis. Ein fettes, nörgelndes Kind, diese Puppe, die selbst wiederum ein Spielzeug im Arm hatte, einen kleinen Teddybären, dessen Kopf zu ihr hinaufgedreht war. Ihre dicken Finger hielten ihn am Schenkel fest. In den Ausstellungsräumen war es halbdunkel. Die beleuchteten Glasvitrinen hockten auf Säulen, die mit dem gleichen Teppich bespannt waren wie der Fußboden.

Er war schon weitergegangen und las die Tafel mit der Information zu dem Abschnitt *Nürnberger Tand*.

»Pappenzeuch«, sagte er, »nannte man das Material, aus dem in Nürnberg seit dem Mittelalter Puppen gemacht wurden. Ein Vorläufer von Papiermaché. Es wurde in Formen gedrückt, in denen es trocknete.«

Sie schmiegte sich mit der Seite ganz leicht an ihn, drückte nach, spürte seinen Druck.

»Na –?«

Er sah zu ihr hinunter und schmunzelte. Er schob sie zur nächsten Vitrine, in der ein Geduldsspiel ausgestellt war. Mit einer Metallschleife mußte man durch eine Reihe von beweglichen Ringen zielen.

»Das *Zankeisen*«, las er, »wurde von einem Nürnberger Schlossermeister namens Hans Ehemann erfunden.«

»Idiotisch«, sagte sie. »Glaubst du das?«

»Warum nicht?«

In einem Schaukasten waren Puppen ausgestellt, mit denen Königin Victoria als Kind gespielt hatte. Eine männliche Puppe stellte einen Tanzmeister dar, eine weibliche die Ballerina. Ihre winzigen Löffelhände standen kokett vom Handgelenk weg. Daneben eine Hausiererpuppe, die ein bedrucktes Kleid und einen roten Umhang trug. Auf dem Kopf hatte sie eine schwarze Haube, über dem Arm einen Korb, in dem winzige Spulen mit Zwirn, Nadelblätter, aufgefädelte Perlenschnüre, Knopfkarten, kleine Bürsten und Kämme und eine Miniaturschere waren. Am Bügel des Korbs hingen Zöpfe von verschiedenfarbigen Schnüren und Lederriemchen. An einer anderen Stelle am Korbrand waren kleine Raspeln und Spieße befestigt. Dann eine Prinzessinnenpuppe. Sie hielt einen Fächer aus Häherfedern in der Hand, der in der Farbe zu ihrem Kleid paßte. Auf einem Toilettentischchen lagen kleine Utensilien aufgereiht – ein weiterer Fächer, der wie aus Libellenflügeln zusammengesteckt aussah. Perlmutt, zartestes öliges Glas, an den Rändern mit feinem Bleifaden vernäht. Oder die vom Bauch des Geliebten abgelöste Blüte aus seinem Samen, zerbrechlich, jede Sekunde in Gefahr, in Flocken zu zerspringen ohne Laut. Sie wünschte sich, er würde ihr mit der Hand unter die Achsel schlüpfen, in den weiten, kurzen Ärmel ihres Kleides, ihre Brust hochheben.

Sie kamen in einen anderen Raum.

»Weißt du, was das ist?« fragte er sie.

Er deutete mit dem Kinn auf die grünen, mit Blumen und Insekten bemalten Zylinder, die eine Schnur zum Umhängen hatten. Noch während sie den Kopf schüttelte, fiel es ihr ein.

»Das sind Botanisiertrommeln«, sagte er.

»Klar. Ich hab noch nie welche gesehen.«

»Wwwass?«

Er zählte auf, was er alles in seiner Botanisiertrommel gesammelt hatte, auf seinen Erkundungen daheim, auf dem Land, wo er seinen gesunden Menschenverstand, seine Naturbilder, sein Wissen auf beiden Beinen herhatte.

»Auch Schmetterlinge?«

»Auch Schmetterlinge.«

Manchmal nur einen einzelnen Flügel oder einen Flügelteil. Das silbrige abgelegte Gewand einer Blindschleiche. Den verlassenen gläsernen Panzer einer Libelle. Und Blumen natürlich.

»Mußtest du auch Blüten sezieren im Naturgeschichteunterricht?« fragte sie ihn. »Die Staubgefäße herausholen, Fruchtknoten, bis alles in seine Teile zerlegt war?«

Einen Raum hatten die Ausstellungsmacher der religiösen Erziehung gewidmet. Taufkissen, die Geburt ins kalte Wasser. Erstkommunion.

»Ich durfte als erste zur Beichte gehen«, sagte sie. »Weil ich die beste Schülerin war und weil sie glaubten, ich würde meine Sünden richtig darstellen können.«

Sie sah wieder die Gesichtshälfte eines alten Mannes sich zu ihr beugen, eine große faltige Hand sich über die Augen legen, das große Ohr, ein paar Haare drin, gelblichweiß, struppig, die eingegrabenen Runzeln im roten Hals, der ins Fleisch schneidende weiße Kragen, der schwarze, im Dunkel verschwindende Körper. Einmal lugte die Pupille im Augenwinkel zwischen den Fingern hervor, wie das Glasauge eines Teddybärs. Sie hatte sich geschämt und hatte sich noch mehr geschämt, als ihr der alte Mann, ebenso flüsternd wie sie, half, ihr Gewissen zu erforschen. Es war, als beginge sie bereits die nächste Sünde. Bei manchem hatte sie nicht mal gewußt, ob man damit nun Gott schon beleidigt habe oder nicht. Zum Beispiel, als sie einmal eine mit Kugelschreiber angefertigte Zeichnung im Haus fand, die einen Frauenhintern darstellte. Sie hatte lange überlegt, wer die Zeichnung gemacht haben könnte. Das Blatt lag nur so zufällig herum. Sie beseitigte still und ohne jemandem davon zu erzählen diese herrenlose Sünde. Sie hob das Blatt in ihrem Zimmer auf, zusammengefaltet in einem der Dr.-Doolittle-Bände, von denen sie sechs besaß, die sie aber nicht sehr mochte. Als ihr das zu unsicher erschien, weil ihre Tante begann, sich für alte Kinderbücher zu interessieren, legte sie das Blatt zuunterst in eine Lade. War es nun ihr Vergehen, wenn sie das Blatt nicht wegwarf? Hätte sie es dem Religionslehrer zeigen sollen? Mitbringen in den Beichtstuhl und an das vergitterte Fenster halten? Wen hätte der Priester verdächtigt? Wäre sie dann nicht in Konflikt mit dem vierten Gebot gekommen, oder, weil sie sich doch nicht sicher sein konnte, mit dem achten Gebot, kein falsches Zeugnis geben wider deinen Nächsten. Zwar bedeutete der Nächste meist jemand Wildfremden, also keinesfalls die eigenen Verwandten, aber man konnte sich nicht darauf verlassen. Der Verdacht, daß die Gebote einander im Weg stehen konnten, war auch nicht erlaubt.

Als sie den ersten Raum des oberen Stockwerks betraten, meinte sie, in ein altes Schulzimmer zu kommen – lange, die ganze Länge ausmessende Reihen von Pulten standen da, mit schrägen Glasflächen. Hier waren Abc-Fibeln und andere alte Schulbücher ausgestellt. Ein roter Apfel hing im Netz des kleinen, geschlungenen a der Schreibschrift – schmaler im Kurrent, voller im Lateinischen, weil die Leute früher härtere Zeiten erlebt und nicht so viel zu essen gehabt hatten. Schulhefte braver Mädchen. Namen in eine buntstiftbunte Welt gestellt, wie Krippenfiguren verteilt. ANNI IM – daneben ein gelbes Haus mit rotem Dach. ELLI IM Bett mit gestreiftem Bettzeug. HEINI IM Blumenbeet, eine violette, eine blaue, eine rote Blume. Kam ein Berg vor, hatte er ein Gipfelkreuz.

Sie liefen die Treppe hinunter, vorbei an der Statue des *Sterbenden Achill*. In der Halle lagen die Kataloge früherer Ausstellungen in einer Vitrine. Sie sah, wie er einen kurzen Blick darauf warf, dann ging er mit raschen Schritten zur Kassa, wo er einen Katalog der Ausstellung verlangte, die sie eben gesehen hatten. Er nahm ihren Arm unter den Arm, führte sie ab. Sie hörte den Kies unter den Sohlen, der Boden rief ihren Schritten nach. Bis zum Ausgang des Parks, in dem die Hermesvilla lag, hatten sie noch etwa eine Viertelstunde zu gehen. Sie sah im Gastgarten hinter der Villa Leute beim Essen sitzen, in der Frühlingssonne schon halb entkleidet.

»Hast du Hunger?« fragte er und blieb stehen.

Sie schüttelte den Kopf.

»Du?«

Sie gingen weiter. Ihre linke Seite war an ihn geschweißt, sie spürte seine Muskeln sich spannen bei jedem Schritt. Ihre beiden Füße, jeweils einer von ihr, einer von ihm, streckten sich vor, traten auf, wurden überholt. Sie trug rote Stöckelschuhe, durch deren dünne Sohlen sich die Unebenheiten im Erdboden drückten. Sein Fuß machte immer eine winzige Drehung, ehe er auf dem Boden aufsetzte.

Einmal fiel eine Schulklasse Schwalben durch die Luft, Max- und Moritzfrisuren, die sich über einen Lehrer lustig machten. Immer noch hatte er ihren abgewinkelten Arm leicht hochgehoben und unter seinen abgewinkelten Arm geklemmt. An den Händen hielten sie einander fest wie zwei bayrische Biertischrangler. Manchmal hatte sie das Gefühl, gleich würde er sie als Ganzes hochheben, und sie würde neben ihm her in der Luft trippeln. Oder er könnte sie ein Stück weit schleudern, und sie würde zehn Zentimeter über dem Boden vor ihm herlaufen. Irgendwo in diesem blühenden Park, der die Sommervilla der Kaiserin Elisabeth umgab, war da noch eine dringende Mitteilung in der Luft gehangen, und sie hatte sie mit ihrem ganzen Körper aufgefangen und mußte sie jetzt dem Grafen Andrássy zur Kenntnis bringen. Aber rasch, ganz rasch! Es eilt! Er hatte ihr erzählt, wie Sisis Kammerzofe jedes Haar, das der Kaiserin beim Bürsten ausging, auf einem Klebestreifen unter ihrer Schürze versteckte.

Sie kamen an dem Lehrpfad vorüber, den mit lateinischen Namen beschrifteten Baumsorten. Plötzlich blieb er stehen und lachte laut. *Brennholz* stand auf einer Tafel, die auf einem ordentlich übereinandergestapelten Holzstoß angebracht war.

»Wenn Ihr Österreicher mal versucht, preußisch zu sein –«

Sie grub ihre Fingernägel in seine Handfläche, bis er leise schrie.

»Du kannst dankbar sein, daß ich immer vergesse, meine Kieselerdetabletten zu nehmen«, sagte sie. »Sonst wären meine Nägel richtig hart.«

Am Ausgang studierten sie die Abfahrtszeiten des Busses.

»Das wird nicht gehen«, sagte er. »Laß uns ein Taxi nehmen.«

Sie lehnte sich an ihn, während sie auf das Taxi warteten. Spürte einem Pochen nach, das unter seinem Ohr nistete. Mehr mit der Nase als mit ihrem Ohr nahm sie wahr, wie er ihr von einer Reise erzählte, die er für den nächsten Monat geplant hatte. Sie schnappte den Atem seiner Worte mit ihren Nasenflügeln auf, fing die so klug und so dumm herumpurzelnden Wörter auf. So wichtig. So klug. So gut, wie du riechst.

»Du riechst so gut«, sagte sie.

»Hmm –?«

Das Taxi traf ein, drehte um, fuhr noch ein paar Meter im Rückwärtsgang. Der Motor sang wie mit zusammengepreßten Zähnen. Sie stiegen ein, er nannte den Namen des Hotels. Sie fielen in die Rücksitze, als hätten sie eine erschöpfende Verhandlung hinter sich mit lauter unverständigen, gegnerischen Teilnehmern. Dabei schien es seit Stunden außer ihr und ihm gar keine anderen Menschen mehr zu geben. Er legte seine Hand auf die ihre, drückte sie in den Polster der Sitzbank. Er nickte ein paarmal, wie um sie zu beruhigen und davon abzuhalten, etwas zu sagen. Die Stadt flog an ihnen vorbei, es war wenig Verkehr. Der Fahrer hatte das Dachfenster aufgemacht. Wenn er schneller fuhr, kräuselten sich ihre oberen leichten Haare im Wind. Ab und zu griff sie sich in den Nacken und hielt sich einen Pferdeschwanz hoch, um die verschwitzten Haare zu trocknen. Er erzählte ihr von einem Bekannten, der drei Herzinfarkte und eine offene Herzoperation gehabt hatte. Weil er diese Operation in den USA hatte vornehmen lassen, sprach der Bekannte davon nur als open chest surgery.

»Und ich stelle mir dabei ein Tennis-Open vor, bei dem der Patient gewinnt. Schlimm.«

Sie lachte mit ihm, dann setzte er ein ganz ernstes Gesicht auf.

»Abergläubisch«, sagte sie.

Sie lehnte ihren Kopf an seine Schulter, rückte ein wenig vor auf dem Sitz.

»Die Franziska, Michaels Mutter«, sagte sie, »hatte als Kind eine Fetzenpuppe. Sie war ein Pflegekind und mußte auf einem Bauernhof arbeiten. Die Fetzenpuppe trug sie in ihrer Kleiderschürze mit herum. Eines Tages nahm die Pflegemutter die Puppe und warf sie in den Ofen. Die Franziska wollte noch hineingreifen, aber die Puppe hatte sofort Feuer gefangen.«

»Das sind die Geschichten, die am Anfang einer Biografie stehen«, sagte er. »Bloß daß über Leute wie die Franziska keine Biografien geschrieben werden. Ich kannte mal eine Frau, Katharina Greve hieß die, eine Freundin meiner Mutter. Sie wohnte in dem Haus beim Wasserturm. Ich hab dir mal eine Ansichtskarte geschickt von diesem Turm. Die Katharina Greve ...«

Sie waren vor dem Hotel angelangt. Er nahm seine Brieftasche aus dem Sakko, beugte sich zu dem Taxifahrer vor und bat ihn, eine Quittung auszustellen. Die Fahrt hatte länger als eine halbe Stunde gedauert. Ihre Kniekehlen waren verklebt. Als er die Rechnung zuammenfaltete und in seine Brieftasche legte, hatte sie plötzlich das Gefühl, jemand injiziere ihr eine Überdosis Mitleid. Warum? Weil er die Taxifahrt bezahlt hatte? Weil er das Hotel zahlte? Weil er sie ständig zum Essen einlud? Weil er schlichtweg *gut, gütig* war, wenn er das tat?

Der knallgelbe, zusammengelegte Zettel mit der Taxirechnung rührte sie, und sie konnte es ihm nicht sagen. Hinter dem Warten ihres Körpers auf ihn, der bis in jedes Gelenk, in jede Wimper spürbaren Bereitschaft, standen die Gebirge eines noch viel ernsteren Gefühls, einer schwer sprengbaren Liebe. Warum Liebe. Warum nicht Achtung, Mitleid, Rücksicht, Mut, Bewunderung, Zuhören, Widerspruch, süßes Kräftemessen.

Sie legte den Gürtel ihres Kleides ab, einen billigen Gürtel aus vier weißen Kordelschnüren, die in der Mitte von einem Metallknopf zusammengehalten wurden und an beiden Enden auf einen Lederteil genäht waren, mit dem man den Gürtel schließen konnte. Sie zog ihr Kleid aus, zog die Schuhe aus, stand mit nackten Sohlen auf dem Teppichboden des Hotelzimmers. Ihre Zehen spreizten sich. Sie hatte immer Angst, sich von fremden Fußböden oder Badewannen Fußpilz zu holen. Sie stand mit dem Gewicht auf den Mittelfußknochen, leicht nach innen geneigt, wie ein ungeschickter Vogel. Er hatte seine Hose ausgezogen und über den Stuhl gehängt. Sie legte ihr Unterhemd darüber, es rutschte hinunter. Er hob es auf mit vorsichtigen Fingern, hielt es an den nervendünnen Trägern und hängte es über seine Hose. Er knöpfte sich den Hemdkragen auf, der Knopf klemmte. Er plagte sich mit beiden Händen, den Kopf schräg wie beim Rasieren. Sie nahm seine Finger, schob sie weg, drückte den kleinen, harten Knopf mit Gewalt durchs Knopfloch, knöpfte die anderen Knöpfe auf. Ehe sie bei den beiden unteren angelangt war, nahm er die Brille ab und zog sich das Hemd über den Kopf. Es gab beinahe nichts, nur die tapezierten Wände, die etwas altmodischen Bettlampen, schwere Vorhänge, halb zugezogen, das Bett mit der genoppten, weißen Decke, den kleinen

Tisch vor dem Spiegel, auf dem seine Brieftasche lag, die er aus dem Sakko genommen hatte. Sie wußte, daß er viele Zettel mit Adressen und Telefonnummern drin aufbewahrte, nur lose eingelegt. Als sie einander zum erstenmal begegnet waren und aufeinander zuflogen, langsam, halb blind, halb wissend, hatte er ihre Telefonnummer auf einen dieser Zettel geschrieben. Sie hatte gedacht, er würde ihn sicher verlieren. Er ging zum Bettende, nahm einen Zipfel der Bettdecke, sie den anderen. Gemeinsam legten sie die Decke zur Hälfte zusammen, dann warf sie ihm ihre doppelte Hälfte zu. Er zog die Decke mit einem Ruck weg und warf sie auf den Boden. Dann zogen sie die Steppdecke, die in ein Laken geschlagen war, vom Bett. Das Laken blieb. Er schlüpfte aus seiner Hose, sie schob ihre Wäsche hinunter und spürte, wie sich ihre Erwartung schon niedergeschlagen hatte. Ein leichter weißer Film klebte an einer Stelle und riß an ihren Schamhaaren. Sie stieg auf den Knien ins Bett, vom Fußende her, zwischen seine gespreizten Beine. Er atmete, so daß man es hören konnte, die Luft schwer einziehend, schwere Heuwagen voll Luft, voll süß duftender, schwer hängender Luft.

Würde er sie jetzt berühren, würde sie ihn jetzt berühren, fielen sie ineinander und verjagten allen trennenden Raum zwischen sich. Ihr Blick fraß, nippte, schleckte, schluckte, graste über ihn. Seine Augen schlossen sich immer wieder, als könnte er zuviel auf einmal nicht wahrnehmen. Er packte sie weich an beiden Armbeugen, drückte sie.

»Setz dich auf«, sagte er. »Setz dich vor mich hin. Hier.«

Sie setzte sich auf, rückte näher, so nahe es ging, Beine im Türkensitz. Sie saß vor ihm wie eine stumme, nicht auszumachende Göttin, die Arme auf den Schenkeln, die Hände verloren sich irgendwo nahe seinem Glied, während er durch

Schnee, Baumzone, graue Weiden, Wiesen, weichen Boden herunterwanderte. Er saß nun auch aufrecht vor ihr. Er schob ihr die zur Faust geschlossene rechte Hand unter die Brust, schob ihr Fleisch hoch, bis es über seine Faust hing. Dann begann er mit der anderen Hand die Brust zu formen und zugleich mit der daruntersteckenden Faust Kreise zu zeichnen. Sein Gesicht war ernst, aber er lächelte. Sie war ganz in seinen Gedanken jetzt, wog, fühlte, formte, verschob, stützte, hob ihre Brust, bis sie paßte. Seine Faust öffnete sich, der Daumen spreizte sich von den anderen Fingern weg, ihre Brust hing in der Astgabel seiner Hand. Die obere Hand strich die Haut hinunter, bis kurz vor ihre Brustwarze, er strich das Verlangen, die Begierde, die Aufhebung ihrer Trennung auf einen Punkt zu, damit sich alles dort sammle. Sie sog seinen Atem ein, damit er nicht ins Zimmer verströme, ungerochen und ungeliebt.

Irgendwo in diesem Körper wollte schon etwas summen. Sie konzentrierte sich auf diesen Ton, einen leisen, geraden Ton, der aber nie lange zu hören war. Sie gab ihm ein wenig Stimme in ihrem Hals, als wollte sie ihn damit verlocken, sich zu erkennen zu geben. Eine Erinnerung schob ihr eine Melodie zu, den Anfang einer Melodie, die Ahnung einer Arie. Sie hatte einmal in seiner Gegenwart zu singen begonnen, unter der Dusche. Er hatte nicht mit ihr geduscht. Sie stand unter dem regulierbaren Strahl einer deutschen Hotelzimmerdusche und probierte die beiden Düsen aus, die ihr auf Bauch und Geschlecht feine Wasserfallgischt sprühten.

»Du singst ja«, hatte er zur offenen Tür hinein gesagt. »Du bist glücklich. Du singst.«

»Ich bin auch glücklich, wenn ich nicht singe.«

»Ich weiß.«

»Ich habe ein vorausahnendes Musikgedächtnis«, hatte sie gesagt. »Ich kann alle Blockflötensonaten aus dem Barockrepertoire auswendig. Ich weiß immer, was als nächstes kommt. Aber ich kann keinen Ton selbst spielen.«

Nun modellierte er ihr die zweite Brust. Einmal kehrte er zur anderen Brust zurück, als wollte er eine Korrektur anbringen, jetzt, wo er es schon besser wußte. Er drückte ihr mit dem Daumen die Brustwarze zurecht. Ließ beide Daumen auf den Brustwarzen aufliegen, kaum spürbar, bis ihr Blut vorpreschte und gegen seine antwortenden Daumen pochte. Wieder zog sich alles in den Raum hinter die Vorhänge zurück, hinter die Wände. Das Nachmittagslicht wartete, wollte seinen günstigen Platz zwischen den Vorhängen und quer übers Bett nicht aufgeben. Er nahm eine Brustwarze zwischen zwei durchgestreckte Finger, verschob sie weich, hart, spielte mit dem Druck gegen seine Finger. Seine Finger waren schön, als hielten sie eine Zigarette. Irgendwo auf der Brust spürte sie eine Schwiele an seiner Handinnenfläche. Alle deine Himbeersträucher. Er neigte seinen Kopf zu ihr, küßte sie auf die Lippen, hielt ihre Brustwarze fest, rieb sich mit seiner Himbeersträucherschwiele an ihrer Haut. Der Kuß war eine neue, fremde Botschaft, eine fremde Sprache, auf die sie ihre Lippen noch nicht vorbereitet hatte. Sie verstand seinen Kuß nicht ganz. Ihre Brustwarze fragte für sie, erhielt immer dieselbe Antwort. Dann zogen seine Finger ein wenig stärker und verliehen seiner Antwort Nachdruck. Sie seufzte, wollte ihn jetzt küssen, neigte den Kopf näher zu ihm, ihr Blick irgendwo in Gärten, im Halbschatten. Sie folgte der Spur seines Atems, dann trafen die Lippen aufeinander, umarmten sich, glitten ihre und seine Zunge aneinander vorbei, badete sie in seinem Speichel auf dem weichen Stein seines Zungenrückens, stieß an seine warmen, gerippten Wände. Wie zwei nackte Tiere balgten ihre und seine Zunge übereinander, orderten den Ausreißer zurück, wenn er sich aus einem Mundwinkel hinausstehlen wollte. Sie tranken einander in kleinen Schlucken. Nickten unwillkürlich dabei, dann fiel ihm auf, daß sie nickten, dann brummte er etwas dazu, das wie Ooooauu klang, seine neue Kehlenkatzensprache oder sein Tigerflüstern. Die Pranke seiner Stimme mit eingezogenen Krallen. Seine Stimme, wenn er der war, mit dem sie durch Vortragssäle ging, in Liftkabinen stand, im Warteraum eines Kinos, seine Stimme, mit der er ihre Liebe am Telefon lebendig hielt, liebte sie wie nichts sonst an ihm. Jetzt war seine Stimme aufgewacht, ohne seinen Geist und Witz, seine Schlagfertigkeit und seinen Humor mitzubringen, wie nach einer lang durchtrunkenen Nacht, als müßte er flüchten, auf und davon. Aufgerappelt, aus dem Bett halb gefallen, halb gestiegen, in die Hose, ins Hemd, Schlüssel, Geld, Türgriff, fort.

Sie sagte ihm auch so ein Wort. Auch sie sprach tiefer, wenn ihr scharfer Witz, den er so liebte, nicht dabei war. Aber sie floh nicht. Sie lockte auf der Stelle. Wie ein kühles Feuer loderte ihre Stimme über einem Holzstück. Sie hörte, wie sein Ton sich in ihren klebte. Dann wuchsen die Bäume ineinander, legten sich die Äste weich um den Stamm. Dann rollte sich der Wald über den von ihm besäten Boden. Dann rutschte der Wald ein Stück den Hang hinunter und fing sich wieder, auf dem Rücken, hielt sich am Himmel fest, der mitgerutscht war. Fremder Wald stand Wache oder wollte zusehen. Sie stießen an ihn, sie hörten, wie ein Lampenschirm aufschlug, keinen Nachschrei mehr von sich gab. Das verging so schnell, das vergaß sie gleich wieder. Sie hatte jetzt eine rauhe Schwiele auf ihrem Kreuz, die wanderte herum, während sich ein Finger ihr Kreuz hinunterschlich. Wenn sie noch schneller atmete, würde bald alle Luft ein- und aus- und wieder eingeatmet sein.

»War-te«, stammelte sie in ihrer alten Sprache, nun war ihr die fast fremd geworden. Sie schluckte zwischen den beiden Silben, so daß sie wie zwei Wörter herauskamen.

»Hmm –?« machte er.

»Warte.«

Er stöhnte wieder, brachte ihre Befehle oder Bitten zum Schweigen, indem er ihr den Mund zunähte mit Küssen und sie anknabberte. Er schien ihr die protestierenden Lippen wegessen zu wollen. Er nahm ihren Mund zwischen seine Lippen. Dann mußte er ihr wieder Sprechen beibringen, wenn er ihr erst alles wegnahm. Sein süßer Atem strömte von oben in sie hinein, jeder Atemzug war eine lebensrettende Maßnahme. Durch den Mund bekam sie keine Luft mehr. Sie dachte kurz an die Nasenschleimhaut von Hunden, daß die vierzigmal oder vierhundertmal … o nicht, nicht ersticken. Er ließ sie endlich los. Sie nahm sich das größte Stück Luft, das sie kriegen konnte, den Kopf zur Seite. Die Wände des Hotelzimmers wichen vor ihr zurück, kehrten wieder. Sie brach durch die lautlos umsinkenden Kulissen und stieß an immer neue Wände. Dann rückten sich die Wände zurecht, strafften sich, standen. Über ihr an der Zimmerdecke hing eine Lampe mit drei Armen, auf denen Schalen saßen. Sie hätte gern mit einem Finger über diese Schalen gestrichen und den Staub sich häufen gesehen.

Sie folgte seinem Blick zum Stuhl, wo ihr Kleid über der Sitzfläche lag. Was meinst du denn, fragte sie stumm. Dann langte sie hinüber, ihre verschwitzte Achselhöhle bekam Luft, sie griff nach dem Gürtel. Sie legte den Gürtel um ihren Brustkorb, dicht unter den Brüsten, mit den vier Schnüren vorn, den Lederteilen hinten. Sie drehte sich im Knien zur Seite, übergab ihm auf ihrem Rücken den Verschluß des Gürtels. Er zog fester, hielt inne. Sie spürte, wie ihre Brüste stiegen, ganz wenig.

»Fester«, sagte sie heiser.

»Ich will dir nicht –«

»Du tust mir nicht –«

Er zog noch ein wenig fester, half dem Haken nach, in die Öse zu schlüpfen. Er zog den Gürtel mit beiden Händen höher, schob ihn zurecht. Sie drehte sich langsam wieder um. Er holte tief Atem, als müßte er für lange untertauchen, als würde er sie nun lange nicht wiedersehen. Sie saß, ohne sich zu rühren, mit ihren abstehenden Brüsten, wie eine blasse, afrikanische Figur, die Oberschenkel leicht gebogen, die Fersen in die Hinterbacken gegraben. Sie reckte sich ein wenig, streckte den Rücken gerade, spielte mit den Schultern nach vorn und zurück, ganz leichte Veränderungen der Konturen. Sie streckte die Schultern hinunter und den Kopf gerade hoch, wie sie es machte, wenn sie Verspannungen im Nacken hatte. Ihre Wirbelsäule war jetzt eine gehorsame, aufsteigende und steif und gerade stillhaltende Schlange, die wußte, daß sie auf die leisesten Schwankungen der Stimmung reagieren würde. Ihre Wirbelsäule hielt einen unhörbaren Ton gefangen. Unhörbar draußen, spürbar drinnen als gedehntes Verharren, von dem alles abhing. Sie spürte, wie ihre Brustwarzen ihn anstarrten. Er richtete sich ein wenig auf, befühlte ihre pralle linke Brust von unten, tupfte an – ungläubig – ja. Jetzt glaubte er. Beide Hände. Beide Brüste. Die eine größer, ein wenig, schwerer, ein wenig, und die Brustwarze größer, gerade um ein wenig die langweilige Symmetrie zu stören. Er ließ die Brüste auf seinen Fingern hüpfen, federn, mied es, die Brustwarzen zu berühren. Nicht selbst ihre Brüste anzusehen trieb das Wahrnehmen der Körperkonturen weiter, ließ ihre Vorstellung wild kreisen um die von den Kordeln hochgehaltenen vorspringenden Brüste. Der Gürtel hielt, gab nicht nach, rutschte nicht hinunter. Wenn er ihre Brüste hob und dann die Finger wegzog, fielen sie gegen ihren Rippenkorb. Er faßte das Metallstück an, von dem die Kordeln weggingen, über ihrem Brustbein, hob es hoch. Die Brüste folgten seinem Spiel. Er zog höher, fester höher, schneller höher. Sie gehorchten, hüpften, schlugen wieder auf, hüpften, schlugen auf. Seine Oberlippe glänzte. Sie beugte sich ein wenig zu ihm, küßte ihm den Schweiß, einmal, zweimal, dreimal, viermal, bis ihre Lippen auch naß waren. Einen Augenblick hatte sie das Bewußtsein ihrer wippenden Brüste verloren. Sie kehrte zurück, wartete auf seine Einfälle. Er wußte, daß sie sich auf ihn verließ. »Ich liebe dein Wissen«, sagte sie oft. »Wie viel du weißt!«

Die Etymologie von Galimathias.

»Schau mal nach in deinem *Grimm*.«

»Immer deine Hausaufgaben.«

Aber sie sah nach und wußte es ein paar Tage und vergaß es wieder. Er griff ihr unter die Brüste, zog zwei der Kordeln über die feisten, auberginenförmigen Wülste, über die Warzen, ließ sie los. Faßte sie wieder an, rückte die Kordeln zurecht, ein wenig tiefer, so daß sie ihre Wülste noch mehr füllten und zusammendrängten. Wieder hielt der Gürtel.

»Bück dich zu mir«, sagte er, ähnlich heiser wie zuvor, als gehörte das zu ihrem neuen Dialekt, den sie beide gleichzeitig und gleich kundig lernten. »Beug dich vor.«

Irgend etwas mit seinen Händen. Zwei Feuer sprangen auf sie über. Die Feuer führten sie woandershin, wo sie nur so hingelangen konnte. Sie folgte der brennenden Spur, vor, vor, links oder rechts, vielleicht hieß das auch anders hier, aber es machte nichts. Ihre Warzen wußten, daß sie diesem Ziehen nachgeben mußten, aber immer nur bestimmt viel – o nur so bestimmt viel, dieses eingeborene Maß. Plötzliches Aufsteigen, wie in den höchsten Bergwandhimmel, Kanten, Seilzug, Gewicht, das einem vorausfliegt hinauf in die blaue Höhe. Stürzen dann, Sturz, Sturz, ohrensausendes Fallen. Sie jagte dem Weg nach, der sich ihr immer um ein weniges entzog, ihr voraus war, greifend nah. War das ein Verfolger, der sie aus der verkehrten Richtung lockte, ihm nach, dann war auch sie eine Verfolgerin und jagte. Geschlossener Kreis, enges Kreisen, Eindrehen, Schrauben in eine Schlucht. Ein Tier stöhnte. Ein Tier stöhnte. Ein Tier stöhnte.

Sie hatte verloren, wo sie war. Aber sie war auf der Spur, die sich in ihre Brustspitzen grub. Jetzt war alles anders, jetzt wurde der Weg herausgezogen aus ihr, Schritt, Schritt, Schritt.

»Komm, Süße«, flüsterte er ihr vor. »Komm.«

Was für ein süßes Reden. Wie die Zunge sich abstieß vom Gaumen, den Laut nach vorn rollte, wie die Lippen kurz so taten, als versperrten sie der Botschaft den Weg, und gaben doch zu verstehen, daß sie mit allem einverstanden waren. Sie summte seinen Befehl nach – wollte nur seinen Ton treffen. *Komm.* Über ihn. Er hatte ihre Brustwarzen losgelassen und sich zurückgelegt. Sie wölbte den Rücken, machte einen Katzenbuckel über ihm, eine Sprinterin, die sich zurechtrichtet. Er hatte ihre Brüste mit Richtung gefüllt, sie deuteten auf ihn hinunter, sie hatten ihn im Sinn, nichts sonst. Leicht begann sie sich hin- und herzuwiegen, über ihre Welt gebeugt, über ihre gesichtgewordene Sehnsucht. Seine Wangen waren flach, gerötet, seine dunklen Wimpern, die mit Mühe den Blick zurückzuhalten versuchten, seine Lippen, leicht zusammenklebend durch einen Speicheltropfen. Wo seine Brille sonst saß, rote Kerben. Sein Mund öffnete sich langsam, der Speichel wie Zucker gesponnen, sie leckte sich über die eigenen Lippen, machte leise, ganz feine Gurgelgeräusche, da fuhr seine Zunge in den Mundwinkel. Dann öffnete er den Mund wieder, schnappte sanft nach Luft und seufzte, schnappte nach ihr, nach dem über ihn streichenden Fleisch. Als er sie eingefangen hatte, umarmte er ihren Rücken, drückte sie tiefer, aber ihre Brüste mußten immer noch vorstehen, also bog sich ihr Rücken jetzt in die andere Wölbung, weg von ihm, während sich ihre Schamknochen auf ihn drückten. Das gierige aufgestaute Meer, das sich in seinen Mund drängte, sog er aus. Sie pumpte, was Monate auf ihn gewartet hatte, gegen seine festen, weichen, maulenden Lippen.

Sie stieg über ihn zur Seite, rundrückig, gebeugte Knie, Arme wie ein Tier. Sie setzte sich, stützte sich hinten auf ihre Unterarme, legte den Kopf in den Nacken, ihre prall geschnürte Brust vor sich, schräg hinaufweisend. Er folgte ihr, er hatte ihren Geruch in der Nase, im Blick, im Griff. Er tat nichts, er schaute sie nur an. Ihre Brustwarzen warteten, daß etwas geschehe. Dann zog er eine der beiden unteren Kordeln hinauf, bis knapp unter die Warzen. Er zog an den Schnüren seitlich, gegengleich. Die Warzen wanderten mit, so weit sie konnten. Dann widmete er sich der linken Brust allein – spannte die beiden Schnüre zu einem engen Ring um die harte Warze, die er mit dem Zeigefinger zu kerben begann. Sie sank zurück in einen Archipel aus Bewußtsein, Verlorensein, Auftauchen, Anrempeln, an das Kopfende des Bettes. An zwei, drei Millimetern schickte er sie in die Hölle, in das brennende Feuer, oder den gleißenden Himmel, oder die Arena mit den Löwen, oder das endlose, ziehende Sehnen nach ihm, der immer nicht da war, nur jetzt, jetzt.

Noch einmal weg mit den Kordeln, noch einmal so voll wie möglich, von den Seiten, den Flanken, von ihren blassen, rippengespickten Flanken her drückte er die Brüste zusammen auf die Mitte zu, leckte mit seiner harten Zunge darüber. Blies den heißen Speichel kühl, leckte, blies, blies, biß. Sie schluckte, würgte, als hätte sie ihre ganze Vergangenheit oder Zukunft geschluckt. Er mahlte mit seinen scharfen, sanften Zahnreihen über ihren Warzenhof, holte sich das, worauf er aus war, jagte die Warze in ihrem Hof herum, bis sie nicht mehr aus noch ein konnte, nur noch festgehalten, auf ihre Umrisse geprüft wurde. Sie genügte ihm nicht, er ließ den Biß los, sog, sog, sog sie in die Länge. Ließ sie los. Ihr Blick überschlug sich hinunter zu dem dunklen, roten, hoch aufragenden Warzenhügel. Auch die andere Brust. Und die erste durfte indessen nicht wieder zurücksinken. Er mühte sich. Sie wußte, er wollte die beiden Warzen gleich groß, gleich stolz auf den Brüsten stehen sehen.

»Steh auf«, sagte er leise, wieder heiser. »Steh auf, knie dich vor mich hin, wirf deinen Oberkörper hin und her.« Sie machte nach, was er ihr vorsprach. »Wackle mit deinen Brüsten.« Sie wackelte mit ihren Brüsten. »Laß sie schneller hin- und herschlagen.« Sie ließ sie schneller hin- und herschlagen. »Laß sie nach oben und unten klatschen.« Sie ließ sie nach oben und unten klatschen. »Laß sie lauter klatschen.« Sie ließ sie lauter klatschen. »Nimm sie selber an den Brustwarzen und zieh sie auseinander.« Sie nahm sie selber an den Brustwarzen und zog sie auseinander. »Zieh sie nach oben und laß sie fallen.« Sie zog sie nach oben und ließ sie fallen. »Wackle wieder.« Sie wackelte wieder. »Wackle und sag, daß du das

Gewicht deiner Brüste hin- und herspringen fühlst.« Sie wackelte und sagte, daß sie das Gewicht ihrer Brüste hin- und herspringen fühle. »Stütz dich mit den Armen auf, laß deine Brüste ganz spitz werden, und dann wackle wieder.« Sie stützte sich mit den Armen auf, ließ ihre Brüste ganz spitz werden, und dann wackelte sie wieder. »Beug dich tiefer dabei, bis du über meine Hände streifst mit deinen geilen Warzen.« Sie beugte sich tiefer dabei, bis sie über seine Hände streifte mit ihren geilen Warzen.

Dann faßte er jede Brust mit einer Hand und hielt sie als Ganzes fest, begann einmal links, einmal rechts zu ziehen. Er preßte nach unten, drückte, was in ihr die Frau ausmachte, in die Brustwarzen, ließ wieder locker, strich wieder von oben hinunter, fester, sanfter. Sie wußte, was er jetzt dachte, und wollte ihn nicht stören dabei. Sie ließ sich melken, pressen, ausdrücken, das Weib in die dunklen Spitzen treiben. Dann fing er ihre Brüste in den Handschalen auf, wog sie, verglich sie. Eine war schwerer, eine war leichter. Er drückte ihr das Gewicht ihrer Brüste auf den Rippenkorb hinauf, als müßten die Gewichte dort oben bleiben. Sie fielen ihm immer wieder in die Handschalen. Sie spürte die Schwiele an seiner Hand. Dann schlug er seitlich nach den Brüsten, leicht, fester, leicht. Von hinten. Er warf sich ihre Brüste zu. Jetzt nimm den Gürtel weg, dachte sie. Jetzt müssen sie frei hängen.

Aber er stieg über sie. Sein Bauch schlug gegen ihr Hinterteil, er brachte sich in Stellung. Er griff in den Gürtel auf ihrem Rücken und zog, zog, hob sie ruckartig hoch, mit beiden Händen erst, dann griff er mit der einen Hand unter ihr durch, legte sich halb auf sie, von oben, von hinten, und schüttelte ihre steifen, sich kaum noch bewegenden Brüste vor und zurück mit kleinen Schlägen. Dann, plötzlich, als fiele ihm eine ganz neue Märchengeschichte ein, die er ihr unbedingt erzählen mußte, richtete er sich auf, öffnete den Gürtel, holte die Kordeln unter ihren schweißnassen Brüsten hervor, nahm ihr das Geschirr ab, an das sie jetzt zum erstenmal als ein Geschirr dachte. Der Gürtel fiel auf das Bett. Er zog ihn unter ihr hervor und warf ihn auf den Boden. Er nahm ihre Brüste, so sanft, daß sie erst einmal überhaupt nichts spürte. Erst allmählich begriff sie, daß das nicht ihr eigenes Fleisch war, das sich da von außen auf ihr bewegte, daß das seine Finger waren, die zärtlich, beruhigend ihre baumelnden Brüste hin- und herschaukelten. Dann über ihren straffen Bauch, zu den Hüftknochen, wo sie kitzlig war und zuckte. Er preßte sie mit einem Arm fest an sich, mit dem anderen stützte er sich noch immer über ihr auf. Er wollte sie abhalten, sich in einen schwarzen Teich sinken zu lassen, er kniete noch am Ufer, er brachte alle Kraft auf, sie zurückzuhalten. Sie sah das dunkle Wasser unter sich glänzen, ein Spiegel so fein wie eine durchsichtige Haut, ein schwarzer Spiegel, unter dem eine schwarze Geschichte geschrieben stand. Er hielt sie, er hob sie, er schöpfte sie aus dem Versinken. Handvoll für Handvoll, Armvoll für Armvoll schöpfte er ihren Körper zurück. Dann schob sich die Hand, schoben sich die gespreizten Finger zu ihrer Scham. Er hielt sie jetzt besser. Ein Finger hielt sie so, daß sie ihm vertraute, er könnte sie retten vor allem, was je zu ihr rufen mochte aus der Tiefe. Sie kippten beide um, er ließ nicht los, auch wenn sie nun beide gefährlich ans halbfeuchte Ufer rutschten. Er drängte ihr seinen anderen Arm unter dem Kopf durch, legte ihn quer über ihre Brust, drückte sie zu sich. Sie hatte einen Arm verloren, der andere hatte sich an seinem Oberschenkel eingehakt. Beine, wo. Wenn du mich losläßt. Wenn du mich losläßt. Wenn du mich. Sie kämpften um eine

Wahrheit, oder um eine Formulierung, oder um eine Definition ihrer Arme. Die Körper warfen sich in Wellen hoch und zurück, ihr Arm taub, leer, stumm, nur das Wissen, daß sie da einmal einen Arm gehabt hatte. Vorne quer sein Zaun, unten war sie an seinen Finger geschweißt. Er schien ihr Becken hochzuschleudern und im Flug zu fangen, ohne daß es ihn, seine Berührung, je verließ. Er schien ihre Schulter, an der er sich festhielt, zurückzudrücken in ihren Brustkorb, und dann wieder hervorzuholen, ohne daß sie den geringsten Schmerz empfand, obwohl sie wußte, daß er seine Kraft auf sie hetzte. Wenn sie etwas spürte, war das vielmehr ein Schmerz der Entstehung – nah verwandt, aber doch nicht zu verwechseln mit dem langweiligen Schmerz, den alles Gewordene spürt. Manchmal schnaubte er ihr etwas in die Senke zwischen Hals und Schulter, dann zog sich ihr die Schulter hoch, und sie klemmte seine Nase ein. Dann drückte er die Schulter wieder hinunter und befreite seinen Atem, der schon ganz heiß und klein geworden war. Er schob sie an seinem Körper entlang hoch, dann wieder hinunter. Ihr Rücken klebte an Stellen fest auf seiner Brust, seinem Bauch. Er rollte sich zurück, nahm sie mit, sie lag weich auf seinem weichen Bauch. Keinen mageren Mann, nein, ich will nicht mit Messer und Gabel gegessen werden. Er hatte die Mühe, seinem Idealgewicht entgegenzuhungern, aufgegeben, und hatte doch nicht weiter zugenommen. Siehst du, siehst du.

Die Sonne war weg. Vom Tisch gefallen wie die Lampe vorhin in dem anderen Jahrhundert oder Zimmer oder im Leben einer Freundin. Nie wirst du jemandem von uns erzählen, dachte sie. Wer, du. Er hustete, schob den Arm hoch, um sich die Hand vor den Mund zu halten.

»Machst du das im Auto auch, wenn du allein bist?« fragte

sie ihn, aber er verstand sie nicht, weil sie in sein Husten hineingefragt hatte. »Nichts«, sagte sie.

Er zog sie wieder zu sich, wo immer er konnte. Dann verließ sein Finger sie, und sein Glied schob sich langsam in sie hinein.

»Ich lie-be dich«, kam es aus seinem Mund, schwere, überladene Boote, die links und rechts schon voll Wasser liefen. »Du Liebe, du Süße.« Seine schwere Fracht, sie nahm ihm alles ab, sie trug die Lasten in ihre Höhle, wo sie niemand sah. Noch mehr, noch mehr, sie zog alles in sich hinein. Wieder riefen sie sich Botschaften zu, tiefe, verborgene Laute, die irgendwie anders die Kehle hochkletterten, einen anderen Weg nahmen, nicht die erprobten, markierten Pfade. Er keuchte, sie atmete schnell in kurzen, kleinen Zügen. Sie atmeten aneinander vorbei, zogen einander kreuzende Luftströme aus der Luft ab, zeichneten ein wirres Flugroutenmuster in den unsichtbaren Himmel ihres Hotelzimmers. Sie fühlte, wie irgendwo eine Angst lauerte, die sie auseinanderreißen könnte, als wäre sie eine flache Papierpuppe, deren Papierkleider man abgeklappt hatte und die man in der Taille knicken konnte. Ein Spielzeug, uninteressant geworden. Sie atmete noch rascher, um diese Erinnerung oder Vorahnung, diese Drohung aus einer unbeschäftigten Zeit wegzuscheuchen. Ihre Augen brannten.

Er hatte begonnen, sie sanft zu wiegen mit seinem Glied, vor, zurück. Er tröstete sie und wußte es nicht. Irgendwo, wieder an einer nicht festzumachenden Stelle, für die es keinen Namen und keinen Beginn gab, hatte sein Körper ihren Körper verstanden. Sie vertraute ihm, als liebe er sie. Sie wußte nicht, was dieses in der Mitte auseinandergebrochene Wort, das er vorhin mit ihr geteilt hatte, für ihn bedeutete. Sie waren wie Wetter und Landschaft miteinander. Die hatten keine solchen Worte. Sie waren auch alles andere miteinander. Es war nicht zu sagen.

Dann entzog er sich ihr langsam, bis sie meinte, ihn verloren zu haben. Dann kehrte er zurück, noch mehr als zuvor. Als könnte er sich innerhalb weniger Sekunden so verdichten, daß er als noch Erfahrenerer zurückkam. Der noch mehr Wissen, Sinne, Neugier für sie hatte. Als könnte sein Blick sich noch mehr sammeln, sein Haar noch mehr zu ihm gehören. Und das machte aus ihm dieses schaufelnde Fragen, dieses stoßende Antworten, dieses Wissenwollen und Wissen zugleich. Später würden sie viel Wasser trinken, dann Wein, dann essen und trinken gehen. Was für ein Durst. Er trabte mit ihr jetzt über eine weite, niedrig bewachsene Steppe. Sie spürte das Traben und die Weite als zusammengehörige Bewegung. Er hatte Zeit für sie, und sie kannte keine Zeit mehr. Näher konnten sie einander nicht kommen, aber das war nahe genug. Langes, weites Traben durch diese Landschaft, die ihnen fremd war. Aber er kannte den Weg, und sie kannte sein Heben, Senken, Ausweichen, seine langen Sprünge.

Er hatte angehalten, umkreiste einen Fleck. Sie wußte nicht, was er sah oder nicht sah. Sie kreiste mit ihm. Vielleicht mußte sie es nicht wissen. Vielleicht hatte ihn eine Erinnerung gestreift, andere Haare, andere Schultern, unterwegs in die Gegenrichtung. Vielleicht hatte er umgedreht und sich vergewissert, daß es nichts war, nichts Greifbares. Niemand außer ihr und ihm in dieser Ebene, und nun holten sie auf, was sie versäumt hatten. Offenbar kam es auch darauf an, ein bestimmtes Tempo nicht zu verlieren. Sie atmete nun wieder rascher, abgehackter. Auch er hatte Mühe, sich zu versorgen. Plötzlich meinte sie, sie würden unterwegs einfach zusammensinken, jeder aus des anderen Umarmung, Umschlingung fallen, erschöpft und am Ende, ohne am Ziel zu sein. Mitten in dieser weiten, unbarmherzig großen Landschaft, die versprach, alle Sehnsüchte nach Dauer zu befriedigen. Die Wünsche könnten plötzlich umschlagen. Alles, wonach er sich so gesehnt hatte, wonach sie sich so gesehnt hatte, konnte so wenig wert sein wie eine abgerissene Theaterkarte.

»Hmm –?« kam es da wieder von ihm, fragend. Er holte sie zurück. Wenn du so fragen kannst, mit nur einem halben Laut, wenn du so sanft, so bestimmt fragen kannst nach mir.

Er machte sich los, drehte sie zu sich, versteckte ihren Leib unter seinem, bedeckte ihren Körper mit seinem. Sie waren aus ihrem Flug geflogen, ein Begehren galoppierte jetzt allein weiter und gehörte nicht mehr zu ihnen, weil da etwas anderes an seine Stelle getreten war. Jetzt mußte er sie verbergen, nichts durfte man von ihr sehen. Er küßte ihren Hals, die Schultern, das Kinn, die Wangen, Stirn, Schläfen, Ohren, Schlüsselbeine, bis nichts mehr von ihr übrig war. Sein Bauch rieb ihren Bauch sanft durch, seine Oberschenkel drückten auf die ihren, bis sie verschwanden. Er preßte seine gestreckten Beine von außen gegen sie, schloß ihre Scham, drückte sein hartes Glied gegen ihre Scham, grub seinen Kopf unter ihrem Ohr fest, besprach sie mit dunklen, verklebten Sprüchen. Seine Arme hinderten, daß sie plötzlich Flügel bekäme und auf, auf! Sie sah sich durchs Zimmer gehen, die Arme hoch über dem Kopf, die Finger flatternd, als müßte sie frischlackierte Fingernägel trocknen lassen. Manchmal ging sie so herum, zwei Kolibris als Hände.

Sie merkte, wie er den Kopf hob und hochstreckte, als müßte er etwas erlauschen, Schritte vor der Tür oder einen Alarm in ihrem Bauch. Er horchte mit geschlossenen Augen.

Dann sank er zurück auf sie, zu schwer für einen Augenblick, sie stöhnte. Sofort hob er sich und sank weicher, leichter auf sie zurück. Er küßte sie schnell auf die Wange, wie ein Rufzeichen zu einem Satz, den sie überhört hatte. Dann sagte er etwas in seinem Heimatdialekt, das sie nur halb verstand. Sein Dialekt überraschte sie immer wieder mit völlig unerwarteten Lauten, die für das, was sie bezeichneten, nicht zu passen schienen. Manchmal war es zu kindlich, dann wieder trug es einen Ernst herum, der auch nicht angemessen schien. Sie fragte sich, ob es ihm mit ihrem Dialekt auch so ging. Er konnte sich in ihrer Sprache immer ein paar Sätze weit retten, und es klang authentisch. Sie konnte in seiner Sprache nur einzelne Wörter, und die vergaß sie bald wieder. Sie wurde zu einer anderen Person, wenn sie ihm Sätze nachsprach. Sie wurde rundlicher, sie legte an Hüften und Bauch zu, ihre Arme wurden kräftiger, ihre Beine schwerer. Sie konnte sich nicht so wendig bewegen, sie stieg eine Holztreppe hinauf mit schmerzenden Knien. Sie fand nicht gleich in ihre Hausschuhe. Sie wischte sich mit dem Handrücken über die Stirn. Im Ohr hatte sie kleine Ringe, die sie nie abnahm und trug, seit sie ein Mädchen war. Ihre Mädchenzeit lag knapp nach einem Krieg, aber der Krieg war ein anderer Krieg. Das alles fuhr in ihren Körper und breitete sich aus wie Tinte im Wasser, wenn sie seine Sätze nachsagte. Es klang warm, wenn er so sprach. Aber anders warm als die ihr vertraute Wärme. Er führte ihr seine Version eines auch bei ihr üblichen Brauchs von geborgenem Leben vor. Manchmal hörte man die Schwielen seiner Wörter.

Er spreizte die Beine, und sofort folgten ihre Oberschenkel, Schritt im Schritt. Sie suchte mit der Hand zwischen seinen, ihren Beinen, nahm sein unruhiges Glied und hielt es an ihre

Öffnung, wo es einen Augenblick innehielt und dann in seinen neuen, weichen, sich ihm anpassenden Panzer schlüpfte. Sie vergaß ihre Hand, die allein wegging, sie vergaß, daß man sich heben, senken mußte. Alles geschah von selbst, sie brauchte sich nicht mehr.

Rate das Wort

Vorgestern hat Reinhard zu sprechen begonnen. Am Donnerstag bleibe ich jetzt ein bißchen länger, weil ich dann vom Pflegeheim gleich in den Kurs gehe. Ich hatte ihm diesmal gar nichts mitgebracht. Blumen waren noch vom Dienstag da, Narzissen, die ich auf dem Wochenmarkt gekauft hatte. Reinhard, die ersten Narzissen, nicht von hier, aus Wien. Erinnerst du dich, im Februar habe ich dir erzählt, daß sie einen Bericht brachten aus London. Es war schon so warm dort, daß die Narzissen in den Parks herauskamen. Heute früh hat es immer noch minus acht Grad gehabt. Der Teich ist noch festgefroren.

Am Donnerstag habe ich als erstes die Narzissen umgewässert. Dabei wäre mir beinahe die schwere Kristallvase hinuntergefallen. Das eingeschliffene Muster drückt sich so angenehm gegen die Hand. Weißt du, was ich in der *Burda* gelesen habe, Reinhard? Man soll für Tulpen nur zwei Zentimeter Wasser in die Vase geben, weil sie sich sonst sofort volltrinken und schwere Köpfe bekommen. Das hab ich immer falsch gemacht. Ich kämmte Reinhard, ich dachte mir, die braven Haare, die wachsen die ganze Zeit. Sie sind bald wieder zum Schneiden. Ich muß das Marmeladeglas mitnehmen. Sechs Gläser haben wir schon stehen. Damit du's glaubst. Ich kämmte die Haare so, daß sie über der Narbe lagen. Jetzt, wo du auf der anderen Schläfe eine Geheimratsecke bekommst, siehst du wieder symmetrisch aus. Die Evi läßt dich schön grüßen. Sie proben jetzt jeden Nachmittag für den Vorführabend.

Schwester Katrin brachte das Abendessen. Ich stellte den Kopfteil des Betts hoch und begann Reinhard zu füttern. Das Kartoffelpüree mag er sehr gern, aber beim Karottenmus zieht er die Augenbrauen zusammen und hebt das Kinn. »Reinhard«, sage ich. »Einmal in der Woche. Bitte.« Dann stößt er den Kopf hinunter und beeilt sich, so gut er kann, das Mus fertigzuessen. Manchmal dachte ich schon, daß er bei den Sachen, die er nicht mag, rascher schlucken lernt. Ich fing die Reste in den Mundwinkeln auf, spürte den Löffel über seinen Abendbart schaben. Um ihn abzulenken, begann ich von der Marathonsitzung im Parlament zu erzählen. Daß die grünen Abgeordneten die ganze Nacht geredet hatten, um eine Abstimmung hinauszuzögern. Kannst du dir das vorstellen, Reinhard, eine hat zehn Stunden ununterbrochen geredet, es ist angeblich erlaubt. Sie wollen, daß das Tropenholz gekennzeichnet wird. Das Gesetz hat es schon gegeben, aber dann haben alle anderen Parteien es wieder aufgehoben. Zehn Stunden reden, Reinhard. Die nächste hat vier Stunden geredet, eine andere wieder zwei Stunden, die ganze Nacht ist das so gegangen. Ohne Schlaf. Sie reden noch immer.

Ganz zu Beginn, als Reinhard immer nur starr dalag, habe ich mich geniert, wenn ich irgend etwas Unpassendes sagte, ohne viel zu denken. Wie man eben so redet. Etwas, das mit Schlafen zu tun hat, oder mit Bewußtlosigkeit, oder mit Unfällen. Oder mit Geduld. Das normalisiert sich aber. Manchmal erzähle ich ihm von den belagerten Dörfern in Bosnien.

Wie lange soll das noch so gehen, bis sie endlich etwas unternehmen gegen diese Verbrecher? Wie lange sollen die das noch aushalten? Und dann schaue ich in seine grauen Augen, die sich zwar bewegen, mich aber nicht sehen. An der Tür hängt sein Bademantel, den ich alle sechs oder acht Wochen einmal wasche. Er hat ihn noch nie getragen, seit er hier ist. Ich stelle meinen Stuhl links oder rechts neben das Bett und schaue in diesen ausdruckslosen grauen Blick. Ich will nicht, daß er glaubt, ich verliere die Geduld, wenn ich sage, sie sollen endlich was tun gegen den Krieg dort. Du verstehst mich schon, Reinhard.

Bevor ich dann im Roman weitergelesen habe, habe ich Reinhard das Foto in der Zeitung gezeigt von der Frau, die einen Blechtopf auf dem Kopf hatte und mit einem Kochlöffel dagegenschlug. Erinnerst du dich, Reinhard, der Roman beginnt mit dieser Frauendemonstration. Ich habe ihm den Absatz noch einmal vorgelesen. Reinhard, das ist schon komisch. Ich habe gedacht, der hat sich das einfallen lassen, dieser Julian Barnes. Die russischen Frauen, die's jetzt dem Jelzin zeigen, können doch nicht alle den Roman gelesen haben. Wir sind fast fertig damit, wir waren gerade an eine langweilige Stelle gekommen, wo der kommunistische Präsident bei seinem Prozeß alle Titel und Orden aufzählt, die er von ausländischen Machthabern jemals bekommen hat. Ich hab ein paar ausgelassen. Ich weiß nicht, ob die Tielsch aus der Buchhandlung den Roman ausgelesen hat. Sie weiß ganz genau, was dir gefällt, und ich bin auch froh darüber, daß sie mir immer wieder einen Tip gibt. Und dann habe ich grade umgeblättert und auf der Seite überflogen, was ich nicht vorlesen werde, plötzlich höre ich: »A-gi, A-gi.«

»Ja, Reinhard«, sage ich. Ich starre ihn an. Er blickt mir

nicht ins Gesicht, er starrt an die Wand und sagt: »A-gi«. Das A so knarrend, und das gi wie ein Seufzer, mit ganz wenig Kraft. Ich rücke nah zu ihm hin und lege ihm die Hand, so leicht ich kann, an das Kinn. Ich will spüren, wie er diese Laute von sich gibt – die ersten seit fast zwei Jahren. »Reinhard«, flüstere ich. Und dann kommt es wieder. Ich spüre genau, wie seine Kiefer sich ganz leicht bewegen, wie der Hals sich anspannt. Ich streichle ihn am Hals, zum Ohr, ich fahre unter seinem Kinn auf und ab. »A-gi.« Und noch einmal: »A-gi.« Dann war es wieder vorbei. Ich nahm seine Hand, er drückte. Wir redeten eine Weile stumm mit den Händen, hin und her, hin und her. Als ich seine Hand losließ, spürte ich, daß ich am ganzen Körper zitterte. Mein Unterhemd klebte, ich fuhr mir unter den Pullover und zog es mir an ein paar Stellen vom Leib. Ich spürte mein Herz im Hals schlagen. »A-gi. Deine A-gi ist ja hier«, sagte ich. »Ich bin doch bei dir.« Ich kam nur langsam aus dem Schnaufen raus. Ich dachte überhaupt nicht dran, die Schwester zu holen oder gar den Arzt. Ich fühlte mich plötzlich so allein – viel mehr als zuvor. Trotzdem wollte ich niemanden hereinholen, niemandem davon erzählen. Ich war froh, daß Evi nicht mit war. Ich wollte gar nicht weggehen. Ich streichelte Reinhard wieder, ich versuchte, ihm noch einmal ein Wort herauszulocken. Er atmete nur laut aus. Dann konnte ich nicht länger bleiben.

Im Kurs war ich völlig unkonzentriert. Es begann schon damit, daß mir Josefine ein Kreuzstichmuster zeigte, das ihr Mann auf dem Computer ausgedruckt hatte. »Man kann das ganz schnell abändern.« Als ich sagte, »in meinem Handarbeitsunterricht hat ein Computer nichts verloren«, schaute sie mich nur mitleidig an. Die Frühmann bat mich dauernd, ihrem Christophorus ein schöneres Gesicht zu malen. Ihrer sah aus wie ein Versicherungsvertreter, der dir gar nicht Zeit läßt, zu sagen, du brauchst keine Versicherung. Einer, der gleich den Fuß in der Tür hat. Er streckte das eine Bein so aggressiv vor. Ich sagte: »Malen Sie ihm doch einen Bart.« Mir fiel überhaupt nichts ein, und dann verzählte ich mich noch dauernd beim Wechselgeld, als sie mir die Farben zahlten, die ich besorgt hatte. Ich versuchte, mich ganz genau an Reinhards Stimme zu erinnern. Je mehr ich mich darauf konzentrierte, desto weniger wußte ich, ob ich ihn wirklich reden gehört oder mir das nur eingebildet hatte. Mein Nacken wurde ganz steif, in meinen Ohren dröhnte es. Ich horchte und horchte. Als ich mich zu der Frühmann beugte, um wieder einmal ihren Christophorus zu begutachten, spürte ich, wie sie sich weghielt. Ich dachte, ich sei verschwitzt. Dann bildete ich mir ein, sie wittere etwas Unheimliches an mir.

Ihre Freundin, die Frau vom Tierarzt, wollte unbedingt diese Muttergottes malen, die den Kindern in Bosnien erschienen ist. Wir sprachen darüber, wie man darstellen könnte, daß es diese bestimmte Muttergottes ist.

»Die Kinder müssen mit ins Bild«, sagte sie. »Zumindest das kleine Mädchen mit dem Schleier.«

»Die Muttergottes erscheint doch keinen Moslemkindern«, sagte ich.

»Woher wollen Sie denn das wissen? Die kann jedem erscheinen, egal, welchen Glauben der hat.«

»Die armen Kinder«, sagte ich dann noch. »Die werden das nicht mehr los, dieses überirdische Erlebnis.«

Es war nicht das erste Mal, daß wir bei diesen Kursen ins Streiten über die Heiligen gekommen sind. Sie wissen immer alle genau, was die Heiligen heute tun würden. Mir genügt es, daß sie vor vielen hundert Jahren gelebt haben und stark waren. Aber für Hinterglasmalerei eignen sich die Heiligen eben am besten. Nächstes Jahr soll jemand anderer den Kurs halten. Ich mag nicht mehr. Und die zweitausend Schilling – da näh ich lieber ein Ballkleid mehr.

Die Evi war so überdreht am Abend von ihrer Ballettprobe, daß sie gar nicht bemerkte, wie unruhig ich war. Sie hat mir im Schlafzimmer vorgetanzt, ich hab die Bügelmaschine an die Wand geschoben, die Stühle weggestellt. Ich bin mit Hopsi und Flopsi und mit Snoopy auf dem Bett gesessen, wir haben Beifall geklatscht. Woodstock hat noch etwas für den nächsten Tag häkeln müssen. Ich fragte Evi, ob das nicht hart sei, gerade jetzt Handarbeitshausaufgabe zu machen. Sie sagte: »Nein.« Ich sprach mit Woodstocks Stimme. »He, ich möchte aber auch in die Vorstellung gehen. Ich möchte nicht häkeln.« Evi packte Flopsi am Hals und hielt sie ganz nah an Woodstocks Gesicht und sagte: »Du mußt aber häkeln lernen. Jeder muß das können. Wir können alle schon seit vielen Monaten häkeln.«

Sie begann zu tanzen. Die Musik summte sie ausschnittsweise mit, sie kam bald außer Atem und stieß die Töne keuchend aus der Nase. Dann hörte sie mit dem Singen auf und konzentrierte sich nur noch auf die Schritte und die Armbewegungen. Sie warf Blicke zu einem unsichtbaren Zuschauer, das war nicht ich, und das waren auch nicht die Stofftiere. Ein fremder, strenger Zuschauer, für den sie sich bemühte. Sie kokettierte sogar mit ihm. Sie stellte sich vor ihn hin, hob das Bein ganz durchgestreckt hinten hoch, beugte sich vor, bot ihm ihr kleines flaches Dekolletée, den angestrengten kleinen Hals, ihre Arme wie Flügel vor dem Abflug leicht auf- und abschlagend. Reinhard, ich weiß nicht, ob das richtig war, sie in die Ballettschule gehen zu lassen. Wir haben es doch so lange durchgesprochen. Die Bettina und die Angela dürfen auch. Es ist mir lieber als das brutale Schifahren. Laß sie doch, wenn es ihr Freude macht, hast du in meinem Kopf gesagt.

Reinhard, wenn du jetzt zu sprechen anfängst, wirst du vielleicht auch bald wieder sehen können. Warum soll es denn nicht möglich sein? So, wie deine Zunge, deine Kiefer plötzlich wieder lebendig wurden, wird sich auch dein Blick irgendwann öffnen, und du wirst mich ansehen. Vielleicht siehst du dann nur einen Teil von mir, vielleicht siehst du mich verschwommen, vielleicht erkennst du mich gar nicht. Ich bin's, deine Agi, deine Agnes. Meine Stimme mußt du kennen.

Die Evi knickste ein paarmal vor uns und verbeugte sich. »Das war sehr schön«, sagten wir. »Sehr schön. Bravo«, rief Hopsi. »Läßt du mir das Badewasser ein?« fragte Evi. Mir war alles recht, was das Kind ablenkte. Als ich ihr dann die Haare fönte, erzählte sie von den neuen Frühjahrskleidern in der Kinderboutique. Sie weiß genau, was alles kostet. Ich mußte plötzlich an eine Geschichte denken, die ich beim Friseur in der Zeitung gelesen habe. Eine Engländerin hat alte Erzählungen von Sklavenfrauen gesammelt. In dem abgedruckten Ausschnitt berichtet eine Mutter, wie sie ihre Kinder für den Sklavenmarkt herausputzt. Wie sie ihnen das schönste Gewand anzieht, Reinhard. Ich hätte beinahe zu heulen angefangen dort. Plötzlich, plötzlich ... Reinhard, manchmal hab ich solche Angst um die Evi. Ich bin mir nicht mehr so sicher, daß wir nur *einen* schweren Schicksalsschlag bekommen. Ich habs eine Zeit lang geglaubt, aus Trotz, aus Zorn. Ich möchte es auch heute noch glauben. Gezeichnet sind wir sowieso, nicht für alle, aber für bestimmte. Wir haben irgend etwas Furchtbares angestellt, daß Gott uns so straft.

Wenn die Schwestern es erlauben, bringe ich dir die Decke

aus den Stoffresten, Reinhard. Auch wenn du vielleicht nicht dran glaubst. Ich hab ein paar neue Stoffstreifen dazugekauft, wegen der Farben. Man erkennt überhaupt nicht, daß Flecken aus meinem Nachthemd und deinem Pyjama dabei sind. Mit den anderen Flecken zusammen sieht es wie etwas Neues aus. Wie etwas Eigenes. Immer nur die weiße Heimbettwäsche. Am Freitag vormittag hab ich die fünfte Klasse Bordüren stikken lassen – für Handtücher und für Kopfpolster. Ich hab ihnen erzählt, wie mir die Handarbeitslehrerin einmal eine Naht auftrennte, die ich statt mit der Hand zuhause mit der Maschine genäht hatte.

Am Freitag kam ein Prospekt vom Reisebüro. Vier Tage Prag über Pfingsten. Aber für die Evi ist das nichts. Als ich in der Beschreibung las: Besuchen Sie die Stadt, in der der berühmte Fenstersturz – da ist mir gleich alles vergangen. Und ich könnte jetzt sowieso nicht wegfahren. Noch weniger als vorher.

Wenn mich Reinhards Mutter nicht überredet hätte, wäre ich auch voriges Jahr nicht nach Meran gefahren. Natürlich war es schön. Aber notwendig war es nicht. Natürlich bin ich gern in diesem Kaffeehausgarten gesessen, oben, wo man so schön auf die Stadt hinuntersieht. Man kommt ins Schwitzen auf diesem Weg, und überall huschen die Eidechsen auf den Mauern herum. Diese Pracht, diese Blüten. Ich hab versucht, die Torte mit der Hagebuttencreme nachzubacken, die der Evi so geschmeckt hat. Ich hätte mir das Rezept geben lassen sollen. Wer weiß, hätten sie's mir gesagt. Das Mädchen, das serviert hat, sehe ich heute noch vor mir mit ihren grauen Augen. Das paßt überhaupt nicht zu einem jungen Mädchen. Ich hab mir gedacht, die wird dort festgehalten. Die muß aus irgendeinem Grund dort arbeiten und darf nie hinunter in die Stadt.

Ein schlankes Mädchen. Immer in Jeans, auch bei der ärgsten Hitze.

Nein. Freitag wären die Schwiegereltern dran gewesen. Ich wollte unbedingt zu Reinhard gehen, ich wollte allein sein mit ihm. Am Morgen rief ich die Mutter an und sagte ihr, sie brauche heute nicht ins Heim gehen. Sie war erleichtert, weil ihr in der Nacht ihre Zahnbrücke gebrochen war und sie noch zum Zahnarzt wollte. Sie sagte noch: »Wir gehn dafür Samstag und Sonntag, Agi. Und ich hab Nußstrudel gebacken, kommst dir einen holen.« Am Wochenende ist es für mich sowieso kein Problem, mir ist es lieber, sie gehen während der Woche zu ihm. Ich weiß nicht, ob diese genaue Vereinbarung, einmal ich, einmal sie, wirklich so gut ist, wie der Therapeut behauptet hat. »Klare Vereinbarungen. Fest abgegrenzte Verantwortlichkeiten.« Sicher, ich weiß, Dienstag-Donnerstag-Samstag-Sonntag sind meine Tage. Es muß nicht jedesmal ausgemacht werden, und wenn etwas dazwischenkommt, läßt es sich immer ausreden. Ich kann mich nicht beklagen. Aber trotzdem kommt es mir manchmal so vor, als würde Reinhard jeden Tag hin- und hergerissen. Einmal das eine Ohr voll, dann das andere. Wir gehen zu ihm hin und erzählen ihm, was sich ereignet, und er hört sich das an wie ein stummer Richter. Jede Partei darf ihren Standpunkt vortragen.

Als ich am Freitag ins Heim kam, begegnete mir die Schwester Anna auf dem Gang. Manche Leute dürften nicht losgelassen werden auf Wehrlose. Ich weiß, daß sie keine Macht mehr ausüben kann auf Reinhard, aber das liegt nur daran, daß ich mir diesen Schutzmantel um ihn denke. Er hat einen weißen, flimmernden Mantel rund um sich. Da dringt kein böses Wort mehr durch, kein Wunsch, der ihm nicht Gutes will. Sie hat es mir nie verziehen, daß ich damals nicht zu den

Adventisten gegangen bin. »Jetzt hat Gott Sie gerufen. Sie müssen seinen Ruf ernst nehmen, sonst ruft er Sie das nächstemal mit einer stärkeren Stimme. Je länger Sie warten, desto lauter muß er rufen, desto näher rückt das Weltenende.« Das Weltenende. Ich hätte sie ohrfeigen können für das blöde, hochgestochene Wort, mit dem sie sich vor mir aufpflanzte. »Halten Sie doch Ihren blöden Mund«, hätte ich am liebsten gesagt. Aber drin im Zimmer lag Reinhard. Ich drehte mich um und ließ sie stehen. Als ich Reinhard an jenem Tag in seinem Bett liegen sah, so flach, so still, wie ein braves Kind, wurde ich ganz verzagt. Ich blickte auf die Plastiktasche mit seinem Urin, die an der Seite hing. Ich spürte, daß sein Körper ganz leise arbeitete, ich wußte, daß er atmete. Sein Körper gehört den Schwestern, dachte ich, sein Geist gehört mir. Ich bekam solche wahnsinnige Angst, irgend jemand könnte dir etwas antun, Reinhard. Du warst so angewiesen darauf, daß jeder, der dir nahe kam, dir nur Gutes wollte. Daß nur *gute Menschen* sich dir näherten. Man mußte nur den Katheterschlauch herausziehen, oder den Infusionsschlauch. Du warst leichter umzubringen als eine junge Katze. Ein andermal standen deine Füße unter der Bettdecke vor, fast weiß, ganz kalt. Ich dachte, du wärst gestorben. Du lagst wie ein Toter da, den ich identifizieren mußte. Ich fühlte an meinen eigenen Zehen, wie man dir eine Schnur umband, an der ein Schild mit deinem Namen befestigt war. Zu viele Krimis gesehen. Vielleicht ist es eine Sünde, sich diese Filme anzusehen und die Spannung auch noch zu genießen. Ich massierte deine kalten Füße, ich knetete deine Zehen. Ich streichelte die paar Haare auf deinen großen Zehen. Du hast dich nicht gewehrt. So, wie du dich gegen nichts wehren würdest. Wenn man deinen Körper mißhandeln würde – nichts. Bis es vorbei wäre.

Als ich gestern ins Zimmer kam, lag Reinhard zum Fenster gedreht. Ich sah sein Gesicht nicht. Ich stellte mir kurz vor, er sei endlich ganz aufgewacht, er sei ganz bei mir. Wenn ich auf seine Seite käme, würde ich in seine Augen schauen und er würde mich ganz normal, ganz gesund ansehen und sagen: »Hallo, Agnes.« Ich blieb stehen und wartete. Sein Hinterkopf mit den vom Liegen flachgedrückten Haaren. Der Arm lag wie ein Puppenarm an seinem Körper entlang. Eine Schreckensvorstellung jagte wieder durch mich – die Schwester Anna wirft deinen Arm lieblos zurück. Ich ging ums Bett herum. Er scharrte leise auf der Bettdecke, und ich sagte: »Ich bin da, Reinhard.« Alles war wieder wie sonst. Der leere Blick, bei dem man nicht sagen kann, saugst du da alles willenlos und ohne Unterschied ein, oder geht da überhaupt nichts durch. Reinhard, diese Glaswand, wie in einem Gefängnis, wenn man einen Häftling besucht und mit ihm reden darf, durch eine Wand. »Ich bin's, die Agi«, sagte ich immer wieder. Und ich dachte: Wenn du mich verstehen kannst, sag etwas. Wenn du mich verstehen kannst, verzeih, daß ich immer wie mit einem kleinen Kind mit dir rede. »Sag: A-gi. A – gi.« Ich öffnete den Mund, ließ das A heraus, machte es ihm vor, das gi. Immer wieder. Ich mußte das Fenster aufmachen, so anstrengend war das.

»Jetzt wollen uns die Deutschen unsern Ötzi madig machen«, erzählte ich ihm. »Vom Bayerischen Rundfunk hat einer ein Buch geschrieben. Es ist angeblich alles gefälscht, alles gelogen. Was sagst du dazu, Reinhard. Das ist nur der Neid. Er soll eine ägyptische Mumie sein. Vielleicht ein Pharao.« Eineinhalb Jahre untersuchen sie ihn jetzt schon. Mir kommt das vor, nein, nicht wie gestern. Wie ganz kurz erst vergangen und zugleich eine Ewigkeit. Das Datum habe ich mir gemerkt, weil es eine seltene Zahlenkombination ist. 19.9.91. Vier Monate nach dem Unfall. Als ich den Ötzi das erstemal im Fernsehen gesehen hab, hat er mir leidgetan. Natürlich spürt er nichts mehr. Ich hab mir trotzdem gedacht, sie sollen ihn nicht so grob aufheben. Sie sollen nicht mit den Schistöcken um ihn herumstochern. Er hat alt ausgesehen, wegen der braunen, ledernen Haut, und doch jung.

Reinhard lag ruhig in seinem Bett. Sein Schweigen kam mir anders vor als sonst. Ich wartete auf einmal wieder. Ich spürte, wie die Minuten vergingen, und er hatte noch immer nicht A-gi gesagt. Es war wie ein Rückfall. Das Schweigen war plötzlich wieder endlos. Er konnte ganz knapp vor dem Sprechen sein, oder weit, weit zurückgefallen. Den ganzen Weg wieder zurück.

»Wer sitzt bei dir«, fragte ich. »Wer redet mit dir?« Er zeichnete mit dem Zeigefinger zwei mühsame Striche auf die Bettdecke. »Denk nicht so lange nach, du weißt es doch. Du bist kein kleiner Bub mehr, der Angst hat, daß er eine falsche Antwort gibt. Du kannst doch auch etwas Falsches sagen. Ich lach dich nicht aus. Soll ich wieder einmal ein Kreuzworträtsel mitnehmen? Aber es interessiert mich überhaupt nicht mehr – das letzte in der *Burda* hab ich in zehn Minuten fertiggehabt. Es ist zu einfach. Ich hätte die Lösung einschicken können. Man kann ein Set Alpenkräuterkosmetik gewinnen – Tagescreme, Nachtcreme, Reinigungsmilch, Badeöl, noch ein paar Sachen. ›Bewohner des Baltikums – Baltikant.‹ Das würde jetzt keiner mehr falsch sagen. Bei der Eiskunstlauf-WM treten sie jetzt alle extra an.«

Ich konnte nichts an seinem Gesicht ablesen. Er zuckte nicht. Er redete wieder auf seine Weise mit irgendeinem fernen Wesen. Ich spürte die alte Angst, daß ihm die Seele ausgefahren sei, als er mit dem Kopf auf den Betonboden schlug. Der Schrei, der mich wie an einer Schnur aus dem Garten in den Hof zog. Ich ließ das Hemd, das ich gerade aufhängen wollte, auf den staubigen Gartenweg fallen. Ich lief, ich sah ihn liegen, den Kopf schräg, die Arme ausgebreitet, Blut aus dem Mund. Der Mund, wie er den Betonboden zu küssen schien. Der offene Mund. Der harte, rissige Betonboden. Das letzte, was ich von ihm gehört habe, dieser Schrei.

»Reinhard, erinnerst du dich. Diese Zeile aus einem Gedicht. *Ich ziehe am Seil der lautlosen Glocke.* Ich kann doch mit Gedichten nichts anfangen. Bald ist Karfreitag. Die Glokken fliegen weg. Ich hab das auch nicht begriffen als Kind, als meine Großmutter mir das sagte. Ich hab mich gefürchtet und nicht genau gewußt, wovor. Daß die Glocken nicht mehr zurückkommen, obwohl sie mir versprachen, am Ostersonntag sind sie wieder da. Warum mußten sie überhaupt wegfliegen? Ich hab sie wegfliegen gesehen. Ich hätte es geschworen. Ich mag nicht mehr zur Kommunion gehen, Reinhard.«

Mir kam vor, er schaute ernst, er hörte sich das alles an. Er prüfte. Er konnte sich aber nicht entscheiden. Seine Meinung zu dem allen war noch nicht fertig. Er ließ sich Zeit, er wollte alles ganz genau wissen. »Ich mag nicht mehr zur Kommunion gehen«, wiederholte ich. Ich sagte es trotzig, obwohl ich mir ziemlich sicher war, daß Reinhard das nicht wichtig wäre. Er hat unsere kirchliche Hochzeit nicht so ernst genommen. Ich hab mich damals gekränkt. Ich hätte mich fürchterlich geniert, wenn wir nicht kirchlich geheiratet hätten. »Die Ursula bekommt übrigens ein Kind. Jetzt brauchen sie eine Vertretung für die Vertretung. Es gibt genug arbeitslose Lehrer. Sie wollen nur nicht zu uns kommen.«

Ich fuhr ihm mit einem Finger leicht über die Lippen. Hin

und her, ganz leicht. Ich hatte Angst, es könnte ihn jucken, und er kann sich doch nicht wehren. Aber vielleicht doch – ich zog die Unterlippe entlang, dann die Oberlippe, wieder hinunter, hinauf, in die Mundwinkel, gegen den Bart, der durch die Haut stößt. Wie unsichtbar sich der bewegt aus dir heraus. Jeden Abend ist er wieder da. Das langsame Wachsen. Am liebsten würde ich dich so lange in den Mundwinkeln und auf den Lippen reizen, bis du etwas sagen mußt! Laß dir das doch nicht gefallen! Wehr dich doch! Gib dir einen Ruck!

»Sag etwas!«

Ich erschrak und nahm seine Hand in beide Hände. Wie zur Strafe fiel mir diese Szene wieder ein, die ich mir nicht verzeihe. Im ersten Jahr, diese wochenlange Ungeduld, ich wollte Reinhard zwingen, daß er *sich bemüht*. Ich war neulich mit dem Franz im Kino – ganz hinten, letzte Reihe – achtzig Schilling. Letzte Reihe, Reinhard. Er hat seine Hand auf meinem Knie gehabt – gleich nach der Vorschau. Ich hab sie liegen gelassen, seine Hand. Ich hab sie nicht weggeschoben. Ich hab hingegriffen zu seiner Hand, ich hab seinen Handrücken gestreichelt, seine dicken Adern auf dem Handrücken, so, Reinhard, so, bis zum Knöchel. Um den Knöchel herum. Seine Hand ist größer als deine. Seine Haut ist ganz anders. Reinhard. Deine Agi ist neben einem anderen Mann gesessen und hat sich die Hand aufs Knie, hat sich den Arm um die Schulter legen lassen. Es hat niemand gesehen. Er hat mir die Armkugel gedrückt, das war – so komisch. Und das Schlüsselbein gestreichelt unter dem Pullover. Reinhard! Er hat das Gesicht an meinen Hals gelegt und an meiner Haut gerochen. Ich hab gespürt, wie er auf mir einatmet. Und ausatmet. Sein heißer Atem, seine Lippen, auf dem Hals, unter dem Ohr, auf der Wange. Er raucht. Es hat mir so gegraust, Reinhard – vor dem

Geschmack nach Rauch. Reinhard. Warum sagst du denn nichts, wenn deine Agi ... wenn deine Agi ...

Ich hörte ein Stöhnen und dachte, das sei von ihm gekommen. Schlafende stöhnen doch auch. Aber es war mein eigenes Stöhnen gewesen. Ich ging ans Fenster und legte den Kopf an das Glas. Unten im Garten des Pflegeheims war niemand zu sehen. Die paar Leute, die gehfähig waren, hatten Angst vor dem Märzenkalb und trauten sich noch nicht ins Freie. Franz wollte mit mir zum Essen wegfahren, aber ich hab gesagt, nein. Nein, das geht nicht. Im Kino ist man halt zufällig nebeneinander gesessen. Mich braucht nur jemand mit ihm sehen im Gasthaus ... oder im Auto. Sie reden ja über nichts lieber als über solche Sachen. Mir geht nichts ab. Auf den Geruch nach Zigaretten kann ich verzichten. Wenn einer nichts sagt, immer nur zuhört, erzählt man mehr, als man will. Vergiß es, Reinhard.

Dann sah ich das Auto des Therapeuten auf den Parkplatz einbiegen und ihn aussteigen. Ich beugte mich ein bißchen zurück. Er war mir von Anfang an unsympathisch. »Lassen Sie doch die Wut zu, die Trauer!« Zulassen. Wie man einen Stier zuläßt. Dem war das, was ich mitgemacht habe, nie genug. Der wollte immer noch was anderes hören. Meine Wut! Auf Reinhard war ich angeblich zornig, weil er mich im Stich gelassen hat durch seinen Unfall. Ich habe ihm angeblich heimlich Vorwürfe gemacht, daß er den Unfall selbst herbeigeführt hat, daß es sein geheimer Wunsch war, krank zu werden, sich zurückzuziehen aus allen Verantwortungen, aus den Krediten für das Haus, aus der Erziehung für das Kind. Ich sollte mir endlich eingestehen, daß ich Reinhard das zutraute. Fast hätte ich mitgespielt. Nicht, damit ich endlich meine Ruhe habe, sondern weil ich kurze Zeit wirklich glaubte, vielleicht hilft

Reinhard das? Was weiß man denn? Man weiß überhaupt nichts, man steht völlig allein da, und es ist alles, alles unsicher. Keiner sagt einem, wie lange es dauern wird, ob er jemals aufwachen wird, ob er jemals wieder sehen kann oder sprechen. Dieses widerliche Wort – Apalliker. »Ihr Mann ist ein Apalliker.« Das Sprechen wird erst später kommen, wenn überhaupt. »Es können Monate vergehen, bis er das erste Lebenszeichen von sich gibt«, hatte Dr. Stein immer wieder gesagt. Ein Händedruck. Ein Wimpernschlag, der eine Antwort bedeutet. Ein Lächeln. Es kann auch sein, daß er etwas stammelt, und dann ist wieder monatelang nichts. Nichts. Dann können wir nur warten. Es ist kein Wunder, daß man dann abergläubisch wird und fürchtet, man vergibt eine Chance, wenn man einem dieser Spezialisten nicht gehorcht. Aber da war etwas, das wehrte sich gegen diesen Therapeuten. Er hat sich geweidet an mir, an dem, was ich sagte. Er kam mir vor, als sollte ich ihm obszöne Worte vorsagen und er ... ich bin nur viermal hingegangen.

Die Oberin erzählte mir, sie wollen jetzt eine Katze im Pflegeheim haben, für die Patienten, die aufstehen können. Ich hab ihr gesagt, daß die Minka bald Junge bekommt. Eins weniger zum Umbringen. Die Patienten werden sich freuen, aber das Personal ... »noch eins mehr, das Dreck macht«.

Ich war so unruhig, so unzufrieden. Ich wünschte mir so, wieder dieses A-gi zu hören. Drei Buchstaben. Nach langer Zeit dachte ich zum erstenmal wieder darüber nach, wie das wäre, wenn Reinhard wirklich wieder sprechen könnte. Ob er es Wort für Wort lernen müßte, noch einmal anfangen wie ein Kind? Mir wurde schwindlig bei dem Gedanken. Mir kam vor, als wäre es jetzt viel schwieriger, sprechen zu lernen, als in unserer Kindheit. Ich habe immer mehr das Gefühl, ich verstehe so viel nicht. Ich könnte Evi so viel nicht erklären – zum Glück fragt sie mich selten etwas. Schnurloses Telefon. Atomkraftwerke. Alle reden sie so schnell – im Fernsehen, im Radio. Alle sind so siebenmalgescheit. Vielleicht sind sie's wirklich. Wenn ich dran dachte, Reinhard müsse wieder ganz von vorn beginnen, wurde ich müde. Aber ich wünschte es mir doch. »Du mußt wieder werden, Reinhard.« Hundertmal hab ich das zu ihm gesagt, es ihm zugeflüstert. In der Nacht, im Bett, wenn ich nicht einschlafen kann, sag ich es immer wieder. »Du wirst wieder. Du wirst wieder.« Wenn man das so sagt, ist man nicht gescheiter als ein Kind. Eine gute Fee zaubert das so hin. Heute bewußtlos, sprachlos, blind – morgen wieder ganz der alte. Vielleicht muß man sich das so vorstellen, weil man es sonst nicht aushält. Vor zwei Jahren hätte ich am meisten Angst vor diesem Warten gehabt. Ich warte doch schon lange nicht mehr – oder ich warte und merke es nicht mehr. So, wie man fernsehen kann und dabei stricken, sogar Muster stricken, Zopf stricken.

Ich hatte mir manchmal vorgestellt, wie du wieder zurückkommst – und dann war's ganz anders. Du hast plötzlich gegen meine Hand gedrückt mit deiner Hand. Mit dem Handrücken. Als wolltest du mich wegschieben. Ich hab dagegengedrückt, und dein Gesicht wurde ganz selig. »Das Sprechen wird erst später kommen, wenn überhaupt.« Alles wird erst später kommen, wenn überhaupt. Dieses – wenn überhaupt! Sie geben einem alle das Gefühl, man ist unbescheiden, wenn man sich etwas wünscht. Vielleicht habe ich mir das nur eingebildet, dieses A-gi. Vielleicht war es eine Halluzination. Du liegst so stumm hier, Reinhard, wieso solltest du gestern gesprochen haben? Ich werde die Schwestern fragen, ob sie etwas bemerkt haben. Aber ich hab's doch mit meiner eigenen

Hand gespürt, an deinem Hals, wie du geredet hast – Reden, Stammeln, Laute von sich geben, wie soll man es denn nennen. Du hast mich angesprochen. Oder von mir geträumt und mich angesprochen.

Ich setzte mich wieder an sein Bett. Ich strich mit einem Finger über seinen Nasenrücken, unter den Augen entlang, über das Jochbein, die Höhlung seiner Wangen. Ich hab ihn unzählige Male so gestreichelt und geformt. Ich könnte sein Gesicht modellieren, so genau kenne ich es. Aber immer wenn ich so weit denke, sehe ich eine Totenmaske vor mir. Ich kann auch die Totenmaske von Beethoven nicht mehr anschauen, die der Chorleiter an der Wand hängen hat. In den ersten Wochen mußte ich mich manchmal zwingen, die Wärme in Reinhards Gesicht zu spüren. Ich sagte mir vor, daß er lebt, daß das Blut in ihm kreist, daß er unter der blassen Haut lebendig ist. Es kann eine Folter werden, einen geliebten Menschen so genau anzuschauen – so lange, in diesem Schweigen, in dieser Starre. Wenn das fast alles ist, was man tun kann.

Man wird so anders, Reinhard. Man verliert die Geduld mit den anderen. Die Christine – wie sie im Herbst gestritten hat mit ihrem Mann und mich dauernd angerufen hat. »Ich kann ihn nicht mehr sehen!« Dann schmeiß ihn doch hinaus, hätte ich am liebsten gesagt. Wenn er dich mit so einer dummen Kuh betrügt im Büro, und wenn du ihn nicht mehr *sehen kannst*, dann schmeiß ihn doch hinaus, aber laß mich in Ruh mit deinen langweiligen Geschichten. Alles hat sie mir erzählt, wie sie ihre Schwiegermutter haßt, weil die immer zum Sohn hält, wie das Geschirr dieser Schwiegermutter aussieht, welche Tischtücher sie hat, wie geschmacklos alles ist, wie primitiv. Ich bin die meiste Zeit gestanden beim Telefonieren, so nervös hat mich das gemacht. Wenn sie ihn zitiert hat, hat sie immer hochdeutsch geredet. Wie er sie beschrieben hat als eine »immer noch sehr hübsche Frau, die ihm aber nicht die Befriedigung verschaffen kann, die er braucht«. Sie war so beleidigt.

Als wir in Budapest waren, Reinhard, erinnerst du dich an das kleine Kaffeehaus auf der Fischerbastei, ich hab den Namen vergessen. Wir konnten im Freien sitzen, es waren gar nicht so viele Leute dort. Du hast dich in so einen Wirbel hineingeredet, du warst ganz verrückt nach mir – was du mich alles genannt hast, ich bin mir vorgekommen wie eine Frau in einem Roman. Das mag ich so, wenn ein Mann seiner Geliebten sagt, was er liebt an ihr. Soll ich dir heute wieder vorlesen, Reinhard? Viel fehlt nicht mehr.

Auf dem Buch lag der Walkman mit den zerbrechlichen Kopfhörern. Es sah aus, als habe Reinhard selber die Kopfhörer abgenommen und dort hingelegt. Ich setzte sie mir auf und schaltete den Apparat ein. Die Musik begann mitten in einem langsamen Satz. Ich drehte ein wenig lauter und schloß die Augen. Es war die Linzer Symphonie. Meine Lider zitterten. Ich mußte mich richtig zur Ruhe zwingen. Ich hatte das Gefühl, irgendwelche unfertigen Bilder wollten mir aus den Augen hüpfen. So ähnlich muß es in einer Wiese zugehen im Frühling. Gleich nach dem Unfall, als Reinhard auf der Intensivstation lag und man sich keine Hoffnung machen durfte, hatte ich fürchterliche Angst, sie könnten mich *fragen*. Ich weiß nicht, ob sie einen überhaupt so etwas fragen, aber ich habe es mir vorgestellt, wie sie mich ernst anschauen und fragen, ob sie Reinhard abschalten sollen. Wenn sie mir gesagt hätten, er wird wahrscheinlich nie wieder reden können, nie wieder gehen, er wird blind bleiben ... oder: er wird wieder zu sich kommen, aber sein Leben lang ein Pflegefall bleiben ... wenn sie mir, mit ihren Fachausdrücken, mehr oder weniger gesagt hätten: er wird am Leben sein, aber was für ein Leben wird das sein?

Die Kassette war zu Ende. Ich schaute auf Reinhard. Und wenn du mir Vorwürfe machen wirst, dachte ich. Wenn du mich verantwortlich machen wirst dafür, daß du weiterleben mußt mit diesem Körper? Warum sitze ich denn hier, jeden zweiten Tag? Weil der Pfarrer gesagt hat, »bis daß der Tod euch scheide«? Warum sitze ich hier? Weil ich dran glaube, daß du ganz zurückkommst. Weil wir es ihnen zeigen werden – den Ärzten, der Anna, allen, die einen anschauen, als wäre man *krank*, wenn man ein Unglück erlebt. Als habe man das Unglück durch irgend etwas auf sich gezogen. Manchmal glaub ich ja selber, daß es so ist. Dann könnte ich alles anzünden.

Als ich am Freitag das Pflegeheim verließ, sah ich auf der Diensttafel, daß Dr. Stein auf Urlaub war. Ich zog die frische Luft gierig ein, es war wieder ein bißchen wärmer geworden, aber der Wind blies ziemlich stark. Auf der Wiese lagen vereinzelt Zweige. Draußen vor dem Park fuhr mir ein Staubschwall ins Gesicht. Ich holte meinen Regenmantel aus der Reinigung und kaufte noch für Evi ihr Lieblingsjoghurt mit Banane.

Als ich heimkam, war ich völlig erschöpft – von dem schweren Wintermantel, in dem ich wieder geschwitzt hatte, von dem verkrampften Tragen des Regenmantels, der mir immer vom Arm rutschen wollte, von dem Grübeln. Ich hörte jemanden reden. Evi war schon zuhause, aber da war ein Mann in ihrem Zimmer. »Evi? Ist jemand da?« Sie antwortete nicht. Während ich mich schnell auszog, hörte ich eine andere Mädchenstimme, das war Bettina, und dann wieder diese Männerstimme.

Ich stieß die Tür auf. Sie saßen auf dem Boden und fuhren in die Höhe.

»Warum schreckst du uns denn so«, fragte Evi böse.

»Was habt ihr da?« fragte ich. Sie kicherten. Auf dem Boden stand ein Gerät. *Schie-be die Kar-te ein*, sagte eine Stimme. Evi steckte eine Spielkarte in das Gerät. *Ra-te das Wort.* Ich kniete mich zu den Mädchen. Ich nahm die Schachtel und las: Mein sprechender erster Computer. *Das Wort lautet*, sagte die Stimme jetzt. Der Mann klang, als wäre er betrunken. Er zog die Worte lang hin. Die Mädchen lachten wieder. *Ra-te das Wort.*

»Jetzt ich«, sagte Evi und tippte nervös die Buchstaben auf der Tastatur.

Götterdämmerung

Die Frauen standen bis zu den Achseln im Wasser. Sie hoben die Arme hoch, klatschten über dem Kopf in die Hände – manche taten es wie kleine Kinder mit tolpatschigen Pfoten –, senkten die Arme wieder, drehten sie nach links, und! nach rechts, und! wieder hoch! Einige waren im Schwingen an das Wasser gestreift, hatten ein paar Spritzer zur Nachbarin geschleudert. Die Gummiblumen auf den Badehauben zitterten. Eine Frau trug eine durchsichtige Badekappe. Darunter waren ihre weißblonden Haare in einer Rolle eingeschlagen. Erika sah bei jedem Linksschwung diese merkwürdige Kappe, einen Teil des schönen, arroganten Gesichts. Vielleicht kamen diese abschätzigen Mundwinkel auch nur von der Angst, ein paar Wasserspritzer abzukriegen. Erika riß ihre kräftigen Arme nach rechts und schmunzelte. Ihr Nacken und die Schultern schmerzten, aber das kümmerte sie nicht. Sie wünschte sich, der junge Mann in den langen weißen Hosen, im weißen Trikot möge ihnen mehr Übungen befehlen, bei denen sie ihm ins Gesicht sehen konnten. Er tanzte mit starrer Miene die Übungen vor. Seine Lippen bewegten sich nicht zu dem Text. Er hatte eine Kassette eingelegt, auf der auch Musik zu hören war. Man konnte an seinem Gesicht nicht ablesen, ob er dieses Ballett alter Frauen lächerlich fand oder ob sie ihm ganz einfach egal waren. Erika hätte ihm gern ein bißchen Wasser an die Hose gespritzt. Sie war bei weitem die Jüngste. Die Frau vor ihr mußte den Kopf hochrecken, weil sie so klein war. Sie standen im vorderen Teil des Schwimmbeckens, der für die gymnastischen Übungen gedacht war. Hier war der Boden etwas höher. All die alten kleinen Frauen, wie sie mit ihren Köpfen herausschauten – das Wasser war so gnädig. Und rechts, und!

Als die Übungen zu Ende waren, stiegen die Frauen eine nach der anderen aus dem Becken, dicke Wasserschwälle ein, zwei Schritte mitschleppend, ehe sie sich in ihre bereitgehängten Frotteemäntel flüchteten. Erika blieb noch im Wasser. Sie hängte sich mit den Armen in der Leitstange ein. »Kommen Sie nicht?« rief die Magistratsdirektorswitwe. Erika winkte ihr. Sie schloß die Augen und hörte dem Absauggeräusch des Wassers nach, das in die Rinne schwappte. Es hörte sich an wie ein Opernchor. Anschwellend, den Ton hinausdröhnend, dann wieder abklingend. Erika seufzte und sang den Ton ein wenig mit. Wer hätte wissen können, daß der *Siegfried* verschoben werden würde? Die Kurverwaltung war nicht zu bewegen gewesen, ihre Kur in den nächsten Turnus zu verlegen. Als sie die Augen wieder öffnete, sah sie ein Mädchen mit Modellfigur vorbeischreiten, das Badetrikot hoch über die Hüften hinaufgeschnitten. Die Ränder ihrer enthaarten Scham. Das Mädchen setzte Fuß vor Fuß die Stufen ins Becken hinunter, sank ins Wasser, machte ein paar Schwimmbewegungen mit hocherhobenem Kopf und sah plötzlich wie eine Klosterschülerin aus. Erika blickte auf die Uhr. Sie mußte hinaus. Um Punkt vier wurde das Becken für das Pflegepersonal frei. Das Mädchen schwamm mit seiner schwarzen Badekappe an ihr vorbei, nun erst erkannte Erika in ihr eine der drei Physiotherapeutinnen. Sie hatte sich von ihr schon die Elektroden anlegen lassen für die Kurzwellenbehandlung im Nacken. Der Gymnastiktrainer war nirgends zu sehen. Erika legte sich auf den Rücken und arbeitete sich mit kräftigen Stößen zum Beckenrand.

Sie wusch ihre kurzen, blondgefärbten Haare und trocknete sie unter dem Fön, der an der Wand angebracht war. Sie mußte dazu nur ein paarmal mit der Handkante über das struppige Fell fahren und den heißen Wind hineinblasen lassen. Sie konnte sich nicht von ihrer praktischen Frisur trennen, die sie in den letzten zwanzig Jahren wie ein Soldat getragen hatte, an allen Moden entlang, einmal wie versehentlich mit im Strom (so wars nicht gemeint), dann wieder abseits als unmodische Notwendigkeit. Klaus hatte gesagt: »Mit längeren Haaren siehst du auch nicht besser aus.« Einmal hatte sie die Haare wachsen lassen, nur auf Streichholzkürze, eine Andeutung von Dauerwelle hinein. Sie kam sich vor wie ein zu altes Kind, das man in ein Rüschenkleid gesteckt hatte. Weg damit.

Erikas Zimmer lag gegen Westen. Sie hatte sich eine Jacke umgehängt und stand auf dem Balkon. Auf dem Hang gegenüber glaubte sie zu sehen, daß sich die Bügel des Schilifts hinaufbewegten. Aber es gab ja keinen Schnee mehr. Im Park des Sanatoriums gingen Patienten spazieren. Zwei Frauen stapften auf hohen Schuhen und in engen schwarzen Hosen unter ihren Pelzjacken über die feuchtglänzenden Wege. Erika nahm einen tiefen Zug aus ihrer Zigarette und ließ sich den Gaumen bestreichen. Was wißt Ihr denn. Verachtung, die an den Lippen vorbei abzieht. Sie befeuchtete ihre trockene Oberlippe mit der Zungenspitze. In diesen engen Hosen, die jetzt alle zu tragen schienen, egal wie alt, sahen sie aus wie billige Kellnerinnen, die schon zu lange im Geschäft waren.

Nach dem Essen wollte sie in die Abendordination gehen und um Schlaftabletten ersuchen. Und dann um halb sieben in die Raucherentwöhnung. Sieben Uhr *Österreich heute.* Dann *Zeit im Bild.* Dann *Sport am Montag.* Und dann ... endlos, endlos. Was machen die andern alle um zehn Uhr, wenn der Fernseher abgeschaltet wird? Irgendwo heimlich trinken, die Männer? An einem Ort im Heim, den immer einer gleich auskundschaftet? Am Nachmittag gingen sie »feucht spazieren«, das hieß: zu dem Bauern die Viertelstunde entfernt, wo man alles bekam, worauf man im Heim verzichten mußte. Aber um acht Uhr wurden die Heimtüren versperrt. *Wann kommst du zurück, Erika?* – Spätestens um vier. Ich muß zur Bank, in den Konsum, ins Gemüsegeschäft, zum neuen Bäcker um das Laugengebäck für dich ... gegen vier. – *Nicht später als vier!*

Als Erika um achtzehn Uhr zum Ordinationszimmer kam, saßen schon zwei Leute dort. Sie zog am Kragen ihres Pullovers, in dem die Hitze hochstieg. Nach dem Baden war ihr auf dem Balkon kalt geworden. Nun ärgerte sie sich, daß sie sich nicht leichter angezogen hatte. Sie grüßte den Mann, der sich ein klein wenig von seinem Stuhl erhob, als er ihren Gruß erwiderte. Die Frau nickte nur. Erika sah auf die übereinandergeschlagenen Beine des Mannes. Schwarze Socken, die Knöchel standen wohlgeformt heraus. Schlanke, große Schuhe. Er wippte nervös, als spürte er, daß er betrachtet wurde. Erika räusperte sich und lehnte sich zurück. Einen Blick lang ließ sie zu, daß ihre Neugier auf den Kopf des Mannes zulief, sich dort ordnete. Das Plakat an der Tür des Arztes war ein wenig schief aufgeklebt. Es zeigte die Bronzetüren am Baptisterium. Man müßte es rahmen und unter Glas tun. Für die Putzfrauen wäre es auch angenehmer.

Der Mann neben ihr beugte sich vor, stützte sich mit den

Unterarmen auf seine Schenkel und ließ den Kopf hängen. Sein Nacken, die dunkle Haut dort. Seine Haare waren grau mit viel Weiß drin. Nicht sehr gepflegt. Nicht wie Klaus. Er sah aus, als lebte er allein.

»Waren Sie schon einmal in Florenz?«

»Ich? Nein.«

Sie lachte ein bißchen zu laut bei ihrem Nein.

»Sie meinen die Bronzetüren.«

»Der Arzt weiß eine Menge über Kunstgeschichte«, sagte er.

»Ach so?«

Erika rückte auf ihrem Stuhl zurecht.

»Mein Mann hat sich auch viel mit Malerei beschäftigt. Wir haben eine ganze Wand mit Kunstbänden zuhause.«

»Lebt Ihr Mann noch?«

»Nein. Er ist vor einem halben Jahr gestorben.«

»Das tut mir leid.«

Die Tür ging auf, und der Mann erhob sich. Er nickte Erika noch einmal zu, ehe er im Zimmer des Arztes verschwand. Er hätte mich zuerst hineingehen lassen können, dachte sie. Sie versuchte, sich an etwas zu erinnern, das Klaus ihr über die Bronzetüren erzählt oder vorgelesen hatte. Bis Caspar David Friedrich hatte sie keine Angst, sich zu blamieren. Sie verwechselte keinen van Eyck mit einem van der Weyden. Klaus hatte den größten Teil seines Pflegezuschusses in den Kauf teurer Kunstbände gesteckt. *Mit meinem Leiden verdiene ich das Geld für unsere Bibliothek.*

Die Ordinationszeit am Abend dauerte nur eine halbe Stunde. Als der Mann nach einer Weile noch immer nicht herausgekommen war, stand sie auf und ging, so leise sie konnte, den Gang hinunter, betrachtete die Plakate der Versicherungsanstalt an den Wänden. Sie las die Zahlen über Lebenserwartung, die Kosten, die Gefäßkrankheiten verursachten. Ohne Zigaretten wäre ich schon in einer psychiatrischen Klinik, dachte sie. Das würde viel mehr kosten. Wieso braucht der Mann denn so lange? Sie sah auf die Uhr. Es waren erst ein paar Minuten vergangen. Sie schlich auf ihren Platz zurück und setzte sich wieder. Ich hätte es wissen müssen, dachte sie. Ich bin so etwas nicht mehr gewöhnt ... ich werde mich hier nicht im mindesten erholen, wenn alle ihre Zeit vertrödeln. Sie spreizte ihre Finger, biß ein Stückchen Haut ab, schob an den anderen Fingern mit dem Daumennagel die Nagelhaut zurück. Endlich ging die Tür auf.

Im Saal, wo die Raucherentwöhnung gehalten wurde, setzte sie sich an den Rand. Der Arzt wollte gerade beginnen, als der grauhaarige Mann noch zur Tür hereinkam. Er schob Erika mit einer leichten, aber bestimmenden Gebärde einen Stuhl weiter in die Reihe. Er schaute sie von der Seite an, als wären sie Verbündete. Erika schneuzte sich, atmete leicht in ihr Taschentuch, um ihren Atem zu überprüfen.

»Sie haben ganz schön lange gebraucht beim Arzt.«

Er beugte sich vor. Sie flüsterte ein bißchen lauter, sah dabei zu dem Arzt hin, der einen Patienten in der ersten Reihe fragte, ob er schon einmal versucht habe, mit dem Rauchen aufzuhören.

Der Mann lehnte sich wieder zurück. Erika warf einen kurzen Blick auf sein Gesicht. Von den Männern hier war er sicher derjenige, der am besten aussah. Seine scharfen Falten die Nase hinunter zu den Mundwinkeln. Er hatte die Finger ineinandergehakt. Erikas Herz schlug einen scharfen Takt. Der Arzt unterhielt sich noch immer mit dem Patienten in der ersten Reihe, der mühsam versuchte, seine Geschichte zu erzählen. Erika hatte nicht einmal verstanden, welchen Beruf der Mann ausübte. Für ein Beamtensanatorium ist das Publikum immer noch erstaunlich primitiv, dachte sie. »So ein umständlicher Mensch«, flüsterte sie ihrem Nachbarn zu. Der Arzt sah in die Runde, streckte eine Hand einladend aus. Meinte er sie? Erika überkreuzte die Beine in die andere Richtung.

»Eigentlich will ich gar nicht aufhören mit dem Rauchen«, sagte sie mit der Stimme eines Schulmädchens. Die Patienten vor ihr drehten sich alle um, einige lachten. Erika hatte das Gefühl, als werde sie von der einen Seite her stark beleuchtet. Der Arzt steckte die Hände in die Hosentaschen, schob dabei den weißen Mantel zurück. Er machte ein paar Schritte die Reihen entlang auf Erika zu.

»Das ist Ihr gutes Recht«, sagte er und gestikulierte dazu mit den Ellbogen, die Hände immer noch in den Taschen.

»Ich weiß nicht, wie ich die letzten Jahre ohne Rauchen ausgehalten hätte«, sagte sie. »Ich habe das gebraucht, ich brauche es immer noch. Ich wäre einfach nicht fertiggeworden mit – mit allem.«

Sie saß auf der Kante des Stuhls, hoch aufgerichtet. Sie wünschte sich, der Mann neben ihr würde endlich auch etwas sagen, ihr zu Hilfe kommen mit einem Argument. Sie wußte nicht, worauf der Arzt hinauswollte.

»Alle hier rauchen wahrscheinlich, weil sie nicht anders können«, sagte sie. »Man kann es sich nicht aussuchen.«

Sie lehnte sich wieder zurück. Die anderen hatten endlich aufgeschlossen zu ihr. Ein allgemeines Reden hatte eingesetzt. Jeder schien seinem Nachbarn etwas erklären zu wollen. Der Arzt hörte der Diskussion zu.

»Ich erwarte mir ganz klare Richtlinien«, sagte Erika halblaut zu ihrem Nachbarn. »Ich erwarte mir, daß er sagt, so und so. Ich habe das Gefühl, wie er das hier macht, das bringt nichts. Er ist viel zu unentschlossen. Ich glaube, der weiß selber nicht, wie es geht.«

Als sie den Saal verließen, hatte Erika den Kopf voll mit Fragen. Sind Sie verheiratet? Was machen Sie beruflich? Wo wohnen Sie?

»Ich habe mich noch nicht vorgestellt«, sagte der grauhaarige Mann. »Mein Name ist Wieland Tresky.«

Erika legte den Kopf ein wenig schief.

»Wieland – das ist ein schöner deutscher Name«, sagte sie und verzog den Mund.

Erika war in den Ort hinuntergegangen. Das Buffet im Heim führte nur die billigen Blätter. Sie kaufte eine Zeitung, zwei Ansichtskarten und Briefmarken. Die Auktionskataloge werde ich auf jeden Fall abbestellen, dachte sie. Vor der Trafik parkte ein Motorradfahrer seine Maschine. Er schwang sein schwarzes Lederbein beim Absteigen über den Sattel, stand breitbeinig auf dem Asphalt und löste mit zarten Griffen, ein paar Finger weggespreizt, den Verschluß an seinem Gesichtsschutz. Als er den Helm abgenommen hatte, sah Erika die dunklen Flecken auf seinen Wangen, wie die Hitzemale eines Liebeskampfes. Sie schaute rasch weg.

Der Ort bot nicht viel. Durch die Schaufenster der Konditorei konnte sie im Vorbeigehen ein paar bekannte Gesichter erkennen, Leute, die sich wohl überall schnell zusammenfinden. Sie hatte einen starken Kaffee trinken wollen, ging nun aber weiter, die enge gewundene Hauptstraße entlang. An manchen Stellen mußten einander entgegenkommende Autos stehenbleiben, blitzschnelle Entscheidungen, wer gibt nach. Erika sah einen Wagen mit Wiener Kennzeichen langsam zurückfahren, einen um den Beifahrersitz gelegten Arm, verdrehten Kopf. Sie glaubte Tresky zu erkennen und drehte sich schnell weg. Sie stand, ihre Handtasche am Schulterriemen fest an sich gepreßt, vor dem Schaufenster eines Altwarenhändlers und polierte mit ihren Blicken die böhmischen Kristallgläser. Die Spiegelungen der Fahrzeuge glitten ineinander, vereinigten sich und trennten sich wieder. Wenn Klaus noch lebte, würde sie jetzt in den Laden gehen und nach Winterhilfswerk-Ansteckern fragen. Aber wenn Klaus noch lebte, wäre sie nicht hier, sondern würde ihm seine Bücher zum Sofa bringen, ein sauberes Ledertuch für die Lupe, würde ihm das Fernsehprogramm vorlesen.

Erika wanderte die Straße entlang weiter bis zur nächsten Seitengasse, die in eine Brücke über den kleinen Bach mündete. Ein paar Enten paddelten auf der Stelle, ließen ihre Hinterteile von der Strömung drehen, richteten sich dann wieder auf den alten Platz ein. Das Wasser war klar. Von den Gärten der Bürgerhäuser führten Steintreppen in den Bach. In einem Garten stand ein Holzpavillon. Dann kam sie zur Rückfront einer stillgelegten Fabrik. Tauben flogen durch die ausgebrochenen Fenster aus und ein. Erika lehnte sich an das Holzgeländer und nahm die Zigaretten aus der Tasche. Als sie sich zur Seite drehte, um die Flamme des Feuerzeugs vor dem Wind zu schützen, sah sie in der Terrassentür eines Wohnhauses jemanden stehen, mit einem unförmig vergrößerten Arm, als trage der einen Fechtschutz. Es war eine Frau, die einen Stiefel auf der Hand stecken hatte und bürstete. *Auch wenn ich nicht mehr aus dem Haus kann – ich verlange, daß meine Schuhe geputzt sind!*

Erika sah auf die Uhr. Es war Zeit umzukehren. Auf dem Weg den Berg hinauf wurde sie von dem Auto mit dem Wiener

Kennzeichen überholt, das dann stehenblieb und langsam zurückrollte. Sie beugte sich zu Tresky, dessen Fenster sich vornehm in seine Versenkung zurückzog.

»Darf ich Sie mitnehmen?«

Erika schloß die Wagentür nicht energisch genug, Tresky griff mit einer Entschuldigung dicht an ihr vorbei und zog die Tür mit einem scharfen Ruck fest. Im Auto roch es nicht nach Zigaretten. Tresky fuhr langsam die Straße hoch.

»Am Wochenende gibt es keine Therapien«, sagte sie. »Am besten wäre es, man könnte übers Wochenende nach Hause fahren.«

»Ich gehe Samstag abend in ein Konzert in Melk«, sagte Tresky. »Wollen Sie mitfahren?«

»Haben Sie sich eine Sondererlaubnis geholt? Um acht Uhr ist doch ...«

»Am Wochenende hat Dr. Petrucha Dienst. Ich habe ihn schon gefragt. Und ich kann mir nicht vorstellen, warum er Sie nicht mitfahren lassen sollte. Das Konzert beginnt um halb acht. Um zehn können wir wieder zurück sein.«

»Ja – gern, gern, ich bin ... Sie wissen gar nicht, was mir Musik bedeutet.«

»Das Programm ist ganz schön anspruchsvoll für so ein Kammerorchester – eine zeitgenössische Komposition für Kontrabaß, die vierte Orchestersuite von Bach, und Schubert, die Sechste.«

»Wenn ich die Erlaubnis nicht bekomme, müssen Sie mir helfen. Die Schlaftabletten hat er mir nämlich schon abgelehnt, dieser Dr. Petrucha. Ein merkwürdiger Typ, der schwarze Bart, die hohe Stirn, diese dunklen Augen, er sieht fast ein bißchen jüdisch aus ... naja.«

»Da wären wir«, sagte Tresky.

Ich weiß nicht mal seinen Beruf, dachte Erika, als sie neben Tresky die Stufen zum Heimeingang hinaufschritt. In der Halle kamen ihr einige Frauen aus ihrer Gruppe entgegen. Erika fühlte, wie ihr etwas das Kinn straffte, den Kopf leicht anhob. Sie hatte die Abendsonne im Rücken wie eine sanft schiebende Kraft, die sie mit sicherem Schwung vor ihrer Türe absetzte. Ein Knirschen des Schnees, über den zwei elegante Schibretter schräg kurven und zum Stehen kommen.

»Meine liebste Schumann-Sängerin ist eine Japanerin«, sagte Erika. »Mizziko Shirai.«

»Mitsko«, sagte Tresky. »Sie schreibt sich Mitsuko, aber das u spricht man nicht. Wie in Hok-sai.«

Erika schmiegte sich in den klugen Ton dieser Zurechtweisung. Tresky scharrte mit der Schuhspitze auf dem Waldboden hin und her. Sie waren stehengeblieben, um Atem zu schöpfen.

»Sehen Sie das? Das ist ja eine Kröte.«

Erika bückte sich zu dem schwarzen Lappen auf dem durchhängenden Draht des Zauns.

»Die ist direkt in den Tod gesprungen, in den elektrischen Zaun«, sagte sie.

Sie marschierten weiter. Tresky schlug vor, sich ein wenig hinzusetzen. Auf einen Baumstamm oder auf den Boden, der schon trocken und warm war.

»Nein«, sagte er, als er dann auf seinem Mantel saß, die Arme hinten aufgestützt. »Ich habe keine Angst, mißverstanden zu werden. Ich muß überhaupt nicht verstanden werden. Ich muß diese Bilder malen, weil es schwierig ist, sie zu malen. Etwas anderes würde mich langweilen.«

Erika rutschte ein wenig auf ihrem Anorak hin und her.

»Bei einer Ausstellungseröffnung hat mich einmal eine Frau

gefragt, warum ich keine *fröhlicheren* Bilder male. Bilder von Menschen, die sich vertragen, die einander helfen, die Spaß am Leben haben. Ich habe ihr gesagt, ich kann nur meine Sehnsucht nach all dem malen, was sie aufgezählt hat.«

Sie schwieg. Sie wollte nicht diese Frau sein, die sie so gut verstand. Tresky hatte sich vor die Sonne gelehnt und sah auf Erika hinunter. Sein Kopf war im Schatten, nur der Umriß scharf gezeichnet. Erika war geblendet von dem Lichtstrahl. Tresky sah wie ein Straftäter aus, der interviewt wird. Weil man ihm die Rückkehr ins bürgerliche Leben nicht verderben will, zeigt man sein Gesicht nicht. *Das sind kranke Gemüter, die nur das Kranke malen können.*

»Verzeihen Sie, wenn ich Sie frage, aber sind Sie verheiratet?«

»Ich wars«, sagte Tresky. »Ich bin seit vielen Jahren geschieden. Als ich noch unterrichtete, hatte ich Familie. Das hat alles aufgehört. Meine Frau ist wieder verheiratet, mit dem Architekten, mit dem sie mich betrogen hat. Ein Spezialist für orientalische Einflüsse in der Architektur der Donaumonarchie. Das Arsenal zum Beispiel, das Geymüllerschlößl, das Palais Todesco.«

Erika horchte auf seine Stimme. *Todesco* sagte er mit einem übertriebenen Schwung, als wollte er damit den Liebhaber seiner Frau abklassifizieren.

»Wissen Sie, was schlimm war? Als Ingeborg – meine Frau – auszog, kam ein Lieferwagen, zwei Männer holten ihre Möbel. Als letztes trugen sie den Damenschreibtisch weg, ein Erbstück ihres Großonkels, sie hat ihn nie verwendet. Ich auch nicht. Die zwei Männer umarmten den Schreibtisch und stiegen mit ihm die Treppe hinunter. Ich hatte plötzlich das absurde Bedürfnis, diesen Männern zu sagen, daß man mir Unrecht tat. Ich redete mit ihnen im Kopf, ich brachte kein Wort heraus, was denn auch. Sie gingen mit dem Schreibtisch wie mit einem Schwerverletzten, so, als hätte *ich* ihn verletzt, als wäre er bei mir nicht mehr sicher.«

Tresky lehnte sich wieder zurück. Erika schaute mit zusammengekniffenen Augen in die Ferne, auf die weichen Berge des Voralpenlands, das Anlauf nahm für den ersten größeren Berg. Der Ötscher trug noch seinen weißen Spitzenkragen, er sah aus wie ein Habsburger ohne Kopf. Erika wußte nicht, was sie von diesem Geständnis halten sollte. So von sich zu reden zu einer Fremden hatte etwas Gewöhnliches, die Diskretion Ignorierendes, von dem sie sich beinahe beleidigt fühlte. Hat ihn der Arzt so zum Reden gebracht? dachte sie. Es würde mich nicht wundern. Tresky hob seine linke Hand und spreizte die Finger ein wenig ab.

»Wir haben Zeit«, sagte er.

Seine Geste war schon wieder verschwunden. Erika holte ganz vorsichtig Luft. Wer hatte so auf die Uhr gesehen, wann war das gewesen, vor wie vielen Gesetzen und Regelungen, in welcher schlanken Zeit, Sonne auf dem Nabel?

»Ich hatte eine Klassenkameradin«, sagte sie. »Die verliebte sich eines Nachts in einen Mann, der zufällig neben ihr auf einer Bank saß, am Lido, in Venedig. Er war Deutscher. Er hatte eine wunderbare Stimme, in die hat sie sich wohl verliebt. Sie sah ihn erst am nächsten Morgen. Da war es schon zu spät. Er war mehr als zwanzig Jahre älter als sie.«

»Wunderbar«, sagte Tresky. »Das klingt ja wie ein trauriges Märchen. Ich nehme an, es endete traurig. Ich kenne ein herrliches Fischrestaurant auf dem Lido. Die Biennale-Leute gehen immer dort hin. Andri.«

»Andri? Wie Ferdinand Andri?«

»Genau.«

Erika wehrte sich gegen ein Unbehagen, das aus diesem Empfehlen fremder Lokale kam, diesem Zuspielen, auf das sie nicht mit einer anderen Empfehlung antworten konnte. Sie sah sich dieses Restaurant suchen, auf den einen Platz zusteuern, der dem Untergang geweiht war, sobald man sich setzte. Die anderen Gäste dort beobachten, denen alles gelang, während man selbst nichts beherrschte ohne eine große, dunkle Figur neben sich, der der Kellner aufs Wort gehorcht. Sie blickte den Weg zurück.

Tresky stützte sich auf den ihr zugewandten Ellbogen und senkte den Kopf. Erika zuckte, schämte sich. Tresky hatte sich schon wieder aufgerichtet, die Drohung eines an ihrem Schoß Zuflucht suchenden Mannes zurückgenommen. Wie ihr ekelte, wie ihr ganzer Körper dagegen rebellierte, sich diese Last auflegen zu lassen, diese übergroße Totgeburt, die einem zwischen die Schenkel sinkt. Nur keine Pietà. Tresky öffnete und schloß seine linke Faust ein paarmal. Vielleicht spielte er ihr vor, seine Hand sei eingeschlafen.

»Jaja, die Gefäße«, sagte er.

Auf Erikas Nacken, auf ihren Schultern war die Drachenhaut gewachsen. Nach außen kein Problem. Klaus wurde schwerer vom Liegen, umarmte sie mit eisernem Griff, wenn sie ihn hochzog und drehte, wenn sie seine Hampelbeine nebeneinander auf den Boden stellte und den Festgewachsenen noch einmal hochzog. Hinüber, in den bereitgestellten Rollstuhl. Oder, bei schlechten Wolken, bei schiefem Wind, von seinem Wunsch verdammt, ihn ins Wohnzimmer zu schleppen, damit er im Lehnstuhl sitze, in einem richtigen Möbel. Weißes Hemd unterm Seidenschlafrock, Manschettenknöpfe, Krawatte.

Einfarbiges Stecktuch in der Brusttasche. *Sieh dir an, wie sie jetzt alle plötzlich Fliege tragen. Lauter kleine Jidden. Das Generalgouvernement, bitte.* Und sie zog das richtige Briefmarkenalbum aus dem Regal, legte es ihm auf den Tisch. Nur einmal unterlief ihr, daß sie ihm einen Band auf den Kopf gestellt servierte.

Erika nahm ihren Pullover und schüttelte ihn auf dem Balkon kräftig durch. Die Wolle stank von dem Rauch in der Konditorei. Zuhause hatte sie fast jede Stunde einmal gelüftet, Klaus in Decken. Er hatte das Rauchen nie aufgegeben. Sie hatte Tresky nicht erzählt, wie sie zu diesem Kuraufenthalt gekommen war. Sie sah sich in dem kleinen Zimmer neben der Ordination ihres Gynäkologen sitzen, mit nacktem Oberkörper, die Hände erhoben und über dem Kopf verschränkt. Sie sollte auskühlen, alle Hitze abgeben, damit der Arzt eine Thermographie ihrer Brust machen konnte, in der seit Jahren ein Knoten steckte. Durch die Tür hörte sie, wie der Arzt mit einer anderen Patientin sprach. Sie stellte sich diese knappe, grauhaarige Frau aus dem Wartezimmer zu dieser Stimme vor. Strenge Bluse, Faltenrock. Ein fast männliches Gesicht, die Haare kurz. »Ich krampfe immer so«, entschuldigte sie sich. »Könnten Sie das nicht einmal aufschneiden?« – »Aufschneiden? Aber ich nehme Ihnen das doch nicht übel. Das sind Sie, das gehört zu Ihnen.« Erika hatte den Arzt bewundert.

Ihre Arme waren nach oben verbogene Adlerflügel, aus Bronze oder aus Blei. Alle Wärme mußte aus ihren Achseln, auch wenn ihre Muskeln versuchten, Brand zu legen, glühende Schnüre unter dem Metall. Es lief herum und herum, es bohrte sich ins Fleisch. Im Kopf schien das Blut zu sieden. So würde sie nie auskühlen können, mit diesen heißen Schmerzen. Schön brav die Arme hochhalten. Mhm. Was hätte sie sagen sollen?

Als der Arzt hereinkam, hatte sie Tränen in den Augen. Er mußte ihre Arme langsam zurückführen, in die Gliedmaßen, die wieder zu ihr gehörten. Er richtete sie wieder ein. Dann befahl er ihr diese Kur. »Keine Widerrede. Nächste Woche rufen Sie mich an, ob alles geklappt hat mit Ihrem Hausarzt.« Das half.

Die Oboisten schnappten nach ihren Mundstücken. Erika deutete mit dem Zeigefinger auf die Satzbezeichnung Bourrée II im Programmheft. Tresky schob ihren Finger sacht zum nächsten Satz. »Gavotte«, flüsterte er. Erika schüttelte den Kopf. Die Musik galoppierte mit ihr in eine dunkelgrüne, gepflegte Parklandschaft, vorbei an schön getrimmten Sträuchern. Sie zogen auf Johann Sebastians strengem, federleichtem Willen dahin.

Erika streckte die Beine vorsichtig aus. Ihre Strümpfe schimmerten mit silbernen Punkten auf dem schwarzen Grund. Sie hatte den kleinen Ort unterschätzt. Zum Glück hatte sie ihren schwarzen Rock und einen etwas eleganteren, dünneren Pullover mitgenommen. Wenn sie gewußt hätte, daß sie hier ins Konzert gehen würde ... das Opernkleid, erst zwei Jahre alt. *Genieße diese unvergleichliche Musik. Ich werde es schon schaffen allein.* Dann fiel die Tür ins Schloß, dann wartete sie auf den Bus, der die Operngemeinde nach Wien brachte und spät nachts wieder zurück. Dann drehte sie sich um, sah das Licht im Wohnzimmer und dachte an Klaus, wie er mit der Lupe über seinen Briefmarken saß, die flämische Malerei in Griffweite, das Mineralwasser, den Wein. Wenn ihm die Zigarette zu Boden fiele ... wenn er ohnmächtig wird und auf die schwere Tischplatte schlägt ... manchmal gelang es der Musik, die Hand auf diesen Mund zu legen. Aber spätestens wenn sie nach der Aufführung noch eine Kleinigkeit aßen, jagte alles, was in ihr fliegen konnte, heim. Sie redete schon mehr mit Klaus als mit den anderen. Sie trank nur ein Glas Wein. Wenn sie es dann nicht mehr auszuhalten meinte, einfach zuzusehen, war es schon zu spät, selbst etwas zu bestellen. Das einzige Mal, als sie es dennoch getan hatte, hatten alle anderen auf sie warten müssen. Schließlich die graue, wachende Gestalt im Lehnstuhl.

»Mein Mann hatte einen CD-Spieler gekauft«, sagte Erika in der Pause. »Eine unerwartete Nebenwirkung davon war, daß die Meinungsverschiedenheiten über die einzelnen Sätze aufhörten. Wir spielten beide kein Instrument. Manchmal war ich der Meinung, ein bestimmter Satz sei die Gavotte, oder schon das Menuett, und bei Schallplatten läßt sich das ja nicht immer so genau sagen. Bei den CDs ist es ganz klar, da hat alles seine Nummer.«

»Sie meinen also weiterhin, wir waren in der Bourrée?«

»Wenn ich könnte, würde ich Ihnen zeigen, wie man eine Gavotte tanzt«, sagte Erika und legte sich die Hand an den Ausschnitt ihres Pullovers. »Aber das war mit Sicherheit nicht die Gavotte.«

Erika wich einem Mann aus, der sich an ihr vorbeidrängte. Sie hielt ihr Glas Sekt von sich weg.

»Und das Stück für Kontrabaß, wie hat Ihnen das gefallen?«

»Ach mein Gott«, sagte Erika. »Das muß man halt über sich ergehen lassen, aber ich ärgere mich über solche Scharlatanerien eigentlich gar nicht mehr. Mir tut nur der Solist leid, der seine Zeit mit so etwas vergeudet.«

»Sie sind schon sehr streng«, sagte Tresky. »Lassen Sie uns doch ein bißchen Spaß.«

Erika nahm einen Schluck von ihrem Sekt, zu dem Tresky sie eingeladen hatte. Die Karten hatte auch er bezahlt, weil sie schon ein wenig spät dran waren. Ihren Anteil wollte sie ihm später geben. Er hatte nur abgewinkt. Frühestens im Auto konnte sie wieder damit anfangen.

»Neulich hatte ich ein komisches Erlebnis im Konzert daheim«, sagte sie. »Mir kam plötzlich vor, einige der Orchestermitglieder seien unverhältnismäßig rasch gealtert. Der eine Bratschist hatte silberne Haare. Er sah aus, als spielte er in einem Film sich selbst als alten Mann. Dann eine Cellistin, früher war sie immer so hübsch gewesen mit ihren kurzen schwarzen Haaren, jetzt hatte sie eine kinnlange Frisur. Man sah direkt, wie sie in das Gesicht ihrer Mutter hineinwuchs. Schrecklich.«

»Was ist dran schrecklich?« fragte Tresky. »Ich mag ältere Gesichter lieber als junge. Kommen Sie, hier kann man besser reden.«

»Aber wir wollen doch alle –«, sagte Erika und folgte Tresky an die Wand. »Wir wollen doch alle nicht alt werden. Sie sind doch gewiß auch eitel.«

»Ich? Bin ich eitel? Ich weiß nicht. Neugierig bin ich, neugierig auf mein Gesicht, darum male ich es manchmal.«

»Sie nehmen sich selber wichtig genug, um sich abzubilden.«

»Aber es macht mir nichts aus, wenn ich älter werde. Wenn ich *alt bin.* Manchmal werde ich sogar während der Arbeit an einem Selbstportrait älter. Zwischen zwei Blicken in den Spiegel – habe ich mich verändert.«

»Diese Bilder würde ich gerne einmal sehen.«

»Sie brauchen nur in mein Atelier zu kommen. In die Kölblgasse.«

Erika atmete tief durch. »Haben Sie Ihre Frau auch gemalt?« fragte sie.

»Aber ja. Gut und gern.« Tresky lachte ein bißchen zu laut. »Am liebsten habe ich jedoch meinen Vater gemalt. Er ließ sich erst spät malen, als er eigentlich schon zu schwach dafür war. Das Modellsitzen ist nicht nur körperlich anstrengend, man fängt dabei auch an, über alles mögliche nachzudenken. Manchmal fielen meinem Vater schon nach zehn Minuten die Augen zu. Wenn ich fragte, bist du müde, kam nur ein zorniges Nein. Natürlich war er müde. Dann schaute er mir wieder in die Augen, wie ein Kind, aufmerksam, angespannt, voll Erwartung. Er wollte es richtig machen.«

Die Glocke schellte. Tresky nahm Erika das leere Sektglas ab und tippte ihr mit den Fingern leicht auf die Schulter. »Wir müssen wieder hinein«, sagte er. Erika hatte das Gefühl, ein Schmetterling habe sich auf ihre Schulter gesetzt, etwas Gewichtsloses, das einen ebenso schwerelosen Zauber mit sich trägt.

»Vergleichen Sie einmal den Verkündigungsengel von Bellini mit Duchamps *Akt, die Treppe hinuntersteigend* – dasselbe Rauschen! Bei Bellini der landende Bote, in den Falten seines Kleids hat er noch den Wind, bei Duchamp wird die Bewegung zum Kleid. Dieselbe Richtung, auch die Farben stimmen überein.«

»Von Duchamp haben wir, glaube ich, nichts zuhause«, sagte Erika.

Sie zog ihren Anorak am Hals fester zusammen. Der Wind fegte durchs Donautal.

»Das gibt vielleicht wieder so einen Frühlingssturm wie vor drei Jahren«, sagte Tresky. »Gehen wir noch ein wenig zu den Kitschläden. Dann müssen wir ohnedies zurück. Das ist gerade das Limit hier, was man schaffen kann.«

Er wanderte an den Kiosken entlang, zeigte auf eine Schneekugel mit der Basilika drin oder eine Muttergottes aus braunem Plastik, die wie einer der Spielzeugsaurier aussah. »Wunderbar«, sagte er. »Phantastisch.« Erika traute ihm zu, daß er es ernst meinte. Sein fremder Geschmack fand Gefallen, wo sie nur Häßlichkeit sah. Er trat in einen Laden, sie ihm nach. Er stand in der Mitte des Geschäfts, die Hände in den Manteltaschen, und schaute um sich, die Regale entlang, die bis zur Decke vollgestellt waren. Eine schwarzhaarige Frau mit einem leichten Oberlippenbart kam händereibend hinter der Theke hervor und fragte, ob sie helfen könne.

»Ja«, sagte Tresky. »Können Sie mir verraten, was Kriegsspielzeug in einem Devotionaliengeschäft zu suchen hat?«

Die Frau sah ihn an, als habe sie kein Wort verstanden. Erikas Blick glitt die Schneise hinunter, die Treskys ausgestreckter Arm machte. Wehrmacht. SS.

»Diese Panzer hier«, sagte Tresky.

Die Frau kam hinter ihrer Theke hervor.

»Das wird verlangt. Das kaufen die Leute halt. Wir müssen uns nach dem richten, was die Leute verlangen.«

»Und was sagen *die* dazu?« fragte Tresky und schwenkte seinen Arm zu einem der Regale hoch, auf dem die Marienstatuen sanft lächelten. »Sind die kurzsichtig, oder was? Glauben die, es sind Papamobile?«

»Was?« fragte die Frau. Erika drehte sich um. Nicht weit von hier war das Wehrmachtsmuseum.

»Sie machen sich über unsern Glauben lustig«, sagte die

Frau. »Solche Kunden brauchen wir nicht.« Gehen wir, dachte Erika. So ein Theater. Als sie die Tür öffneten, stürzte ihnen ein Windschwall entgegen. Sie gingen stumm nebeneinander zum Parkplatz zurück. Tresky schien zufrieden. Erika überlegte, was sie sagen sollte.

»Das sind wahrscheinlich billige amerikanische Erzeugnisse. Wenn man genauer hinschaut, stimmen die Einzelheiten dann nicht.«

Tresky warf ihr einen Blick zu. Er verzog die eine Gesichtshälfte, sagte aber nichts. Der Wind trieb seine Haare einmal nach vorn, einmal zurück. Er blieb stehen und versuchte mit dem Fingernagel ein Staubkorn aus dem Auge zu fischen. Erika hatte die Fäuste tief in die Taschen ihres Anoraks vergraben. Plötzlich fielen einzelne schwere Tropfen. Wie aus einem Weihwasserwedel, dachte sie. Dort, wo der Wind herkam, war der Himmel dunkel graublau. Zugleich strahlte ein starkes Licht die Wiesen auf der gegenüberliegenden Donauseite an, die Schatten liefen drüber hinweg. Als sie im Auto saßen, wischten sie sich die Nässe aus dem Gesicht.

»Keine Minute zu früh«, sagte Tresky.

Auf der Fahrt den Berg hinunter regnete es bereits dicht. Tresky schaltete die Scheibenwischer auf die Höchstgeschwindigkeit. Er saß leicht vorgebeugt. Erika fühlte sich auf unbestimmte Weise schuld an dem schlechten Wetter, an der miserablen Sicht, an der Anstrengung des Fahrens. Die Scheiben waren beschlagen, aber sie getraute sich nicht, das Gebläse einzuschalten. Sie war sicher, daß es dieser Knopf hier war. Sie nahm ein Papiertaschentuch und begann, das Fenster auf ihrer Seite freizureiben. Sogleich drückte Tresky den Gebläseknopf, als habe sie ihm einen Vorwurf gemacht. Sie hatte den ganzen Nachmittag nicht geraucht.

»So ein Wetter«, sagte sie schließlich, als sie vor einer Ampel hielten. Eine Mutter versuchte, ihr Kind, das mit beiden Beinen Sprünge machte, über den Zebrastreifen zu bringen. Es trug kleine violette Gummistiefel.

»Nächsten Samstag gehts nach Hause«, sagte Tresky, während er schräg zur Ampel hochblickte und wartete.

»Sie fahren schon nach Hause? Ich dachte ...«

»Ich bin eine Woche vor Ihnen gekommen«, sagte Tresky und fuhr langsam an.

In ihrem Liegestuhl auf dem Balkon hielt Erika der Sonne ihr Gesicht zur Korrektur hin. Die Wärme modellierte ihr neue Züge, weichte die scharfen Kerben auf, das Trotzen im Kinn, beruhigte die zusammenzuckenden Augenbrauen, zwischen denen so oft der Schmerz hin- und herhüpfte. Erika lächelte, entspannte ihre Wangen. Eine unsichtbare kleine Hand räumte die spanischen Reiter weg. Das Morgenrot hatte sie an ihren Kinderpyjama erinnert, den einzigen, den es gegeben hatte. Flanell, dieses Rosa, dieses helle Blau, und dann trug der ganze Himmel heute morgen dieses Blau und wollte nicht aufstehen.

Etwas störte. Ein Schatten. Eine böse Ankündigung. Tresky würde fehlen, nicht nur als Figur, als Scheme, die sie gern erkannte in der Halle und auf die sie zuging wie auf eine beschriebene Sehenswürdigkeit, um sie in ihren Details immer wieder neu zu erkennen. Er würde auch fehlen als das, worauf sie hinter den vielen kleinen Heilungsversuchen wartete, die man hier auf sie anwendete. Er hätte früher sagen können, daß er bereits die dritte Woche im Heim war. Drüben der Bauer hatte schon die Kühe ausgetrieben. Sie riefen einander etwas zu, als stünden sie am Rand der Welt. Sie gaben einander die letzten Nachrichten durch.

Erika versank wieder in eine sie sanft empfangende Tiefe, langsam, wie im Schlammbad, wenn sich die braunschwarze warme Glasur über ihren Körper zog. Dann wurde die Plastikdecke zugeschlagen, und man saß fest, lag gefangen in dieser weichen Haft. Beim erstenmal hatte der Physiotherapeut sie gefragt, ob sie den Arm heraushängen lassen wolle – für den Fall, daß sie Platzangst oder Beklemmungen bekomme. »Übrigens ist das nicht Platzangst, sondern Klaustrophobie«, hatte sie freundlich gesagt. »Platzangst ist, wenn man über keinen großen leeren Platz gehen kann.«

Sie hatte Treskys Adresse und Telefonnummer. Vielleicht würde er zuerst anrufen. *Für dich, Erika! E-ri-ka!* Und dann, die Hand über der Muschel, den Namen. *Wer ist das?* Undenkbar, neben Klaus so ein Gespräch zu führen. Sie betupfte ihre feuchten Schläfen, egal, ob Sonne schädlich ist oder nicht, hier zu liegen, das ist wunderbar. Die *Götterdämmerung* war für Anfang Mai angesetzt. Wenn sie am Morgen schon mit dem Zug nach Wien fuhr, hatte sie genügend Zeit, Tresky zu besuchen, vielleicht in eine Ausstellung zu gehen. Und essen. Das einzig Unangenehme an den Schlammpackungen war das Abgespritztwerden danach. Wenn man so hilflos aus der schwarzen Wanne stieg, versuchte, in die Sandalen zu finden, nackt, verschmutzt, und der Therapeut wartete schon mit dem Schlauch – umdrehen, gnädige Frau! Und sie stand mit hochgezogenen Schultern, ihr Gesäß, ihre Schenkel, ihre gepolsterten Kniekehlen dem jungen Mann zugewandt. Danach duschte sie sich fertig, hinter dem Vorhang, als änderte das noch etwas. Im Grunde genommen war es eine Zumutung.

Sobald eine Wolke vor die Sonne schwamm, spürte man gleich auch einen kalten Luftzug. Erika zog den Reißverschluß an ihrem Turnanzug hoch und setzte sich auf. Vom

Nebenbalkon her hörte sie, wie der Liegestuhl verschoben wurde. So leise sie konnte, legte sie sich wieder zurück.

»Ich habe mit dem Unterrichten aufgehört, als ich merkte, daß ich immer mehr zu einem Anekdotenverkäufer wurde«, sagte Tresky. »Ich hatte es satt, mich diesen völlig desinteressierten jungen Leuten mit Sensationen anzudienen. Was machen Sie mit Menschen, die nicht länger als eine Minute auf ein Bild schauen können, ohne mit ihren quietschenden Sportschuhen herumzurutschen oder ihre Kugelschreiber ein- und auszuknipsen? Sie ahnen nicht, wie ich mich verachtete für meine Tricks, mit denen ich ihnen doch noch Caravaggio unterjubeln wollte, wie ich versuchte, es in ihre Ruck-Zuck-Sprache zu übersetzen. Ich mußte überhaupt erst mal erreichen, daß sie die Existenzberechtigung eines Franz Marc, eines Kandinsky akzeptierten. Das Reh im Klostergarten – was glauben Sie, welchen einfallslosen Schwachsinn man da als Kommentar zu hören bekam. Die meisten erkannten das Reh überhaupt nicht. Stunde für Stunde wurde ich mit den übelsten kleinbürgerlichen Vorurteilen überschüttet, die sie von zuhause mitbrachten. Wenn sie überhaupt etwas mitbrachten! Es war widerlich! Sie hatten weder Phantasie noch Toleranz.«

Erika horchte auf einen wiederkehrenden herausstechenden Lärm, der von der Straße kam. Sie waren selbst über die aufgegrabene Stelle gefahren, an der Geschwindigkeitsbegrenzung 30 galt. Die Autos rasselten über die bucklige Stelle, ohne sich um die Beschränkung zu scheren. Dieser Schotterstreifen soll sie alle verschlucken, dachte Erika.

»Manchmal frage ich mich«, fuhr Tresky fort, »wo beginnt eine andere Kultur? Die eine Kultur empfindet die andere als barbarisch und spricht ihr überhaupt ab, was sie selber als

Kultur bezeichnet. Die barbarischen Araber, die barbarischen Türken – dabei hatten sie früher das Bad als wir, ekelten sich vor unseren schmutzigen Körpern.«

»Es vergeht keine Nachrichtensendung«, sagte Erika, »wo kein Fehler gemacht wird. Es fängt schon damit an, daß manche Sprecher einfach nicht richtig betonen können, sie lesen den Text wie ein Hauptschüler – ›daß das Treffen der Außenminister erfolgreich zu Ende gegangen *ist.*‹ Meinen Mann hat das immer ganz wütend gemacht. Eine Zeitlang hat er nach jeder Sendung beim ORF-Kundendienst angerufen. *Bringen Sie Ihren Sprechern Deutsch bei! Ich sehe nicht ein, warum man unsere schöne deutsche Sprache verunglimpfen lassen soll!*«

»Schön – ist die deutsche Sprache schön?« fragte Tresky. Er sagte es mehr zu sich selber. »Hören Sie sich die Frau an! *Geh her do!*«

Der Ruf stieg an und fiel wieder ab. Sie warf ihn nach dem Tier aus. Tresky klimperte mit den Fingern seines ausgestreckten Arms auf einem Luftklavier.

»Doch«, sagte er. »Das ist schön, aber es ist die Melodie.«

Erika konnte die rufende Frau nicht finden. Am Hang drüben schwebte eine glitzernde Fläche in der Luft, ein abgebrochener UFO-Flügel, ein verlorenes Stück Weltraumschrott. Ein großes Glasfenster im Dach des Bauernhauses.

Plötzlich kamen zwei Radfahrer die Kurve herauf. Sie arbeiteten sich die Forststraße hoch, standen aufgerichtet in den Pedalen, warfen ihnen rasche Blicke zu. Die beiden auf der Bank Sitzenden waren eine andere Spezies, die sie nicht interessierte. Die Erschöpfung hatte dem einen schon ein paar sichere Linien um den Mund graviert. Ihre Helme wie Affenschädel. Der Schotter schnalzte gequält unter den Reifen.

Erika und Tresky blickten ihnen nach, den gereckten glänzenden Hinterbacken, Wild mit schwarzem Spiegel auf einer viel zu langsamen Flucht.

»Wollen wir noch ein wenig einkehren?« fragte Tresky. »In die Bauernwirtschaft dort?«

»Hier muß es in der Nähe eine kleine Kirche geben, in der ein gestohlener Altar steht«, erzählte er dann, als sie bei Schafkäse und Most in der Gaststube saßen. »Als Josef II. die Kartause auflöste, wurde der Altar nach St. Leonhard gebracht, er war aber zu groß für die Leonharder Kirche. So haben sie den oberen Teil, das Blattwerk, abgeschnitten. Aus diesen Resten machten sie ein kleines goldenes Wandgehänge für einen Seitenaltar.«

»Das ist ja wie beim Keksbacken, wenn man die *schönen* Kekse ausgestochen hat und die Reste noch einmal zusammenknetet«, sagte Erika. Sie schaute auf den Nebentisch, wo ein Mann mit aufgestütztem Arm saß, die Faust an die Schläfe geballt. Sie fürchtete, er würde zu streiten beginnen.

»Gibt es eigentlich diese farbige Schulkreide noch«, fragte sie. »Mit dem gesprenkelten Schutzpapier, das man in kleinen Stücken abriß?«

»Weiß nicht.«

Tresky drückte mit dem Messer die Schafkäsestücke auf dem Brot fest. Der Pfeffer, den er darüberstreute, saugte sich sogleich mit dem Käsewasser voll.

»Eine Spezialität hier«, sagte er. »Die Saison hat grade begonnen. Sehen Sie, wie beim Aquarellieren, Farbauftrag auf einem nassen Untergrund.«

Der Kameramann hatte ein paar Sekunden lang ganz nah das Einschußloch im Bauch des jungen bosnischen Moslems gezeigt. Ein zweiter, böser Nabel, entzündet, der nun eine unsichtbare Schnur zum Tod gezogen hatte. Erika konnte das Bild nicht loswerden, das alle anderen Bilder von getöteten Körpern ausgelöscht hatte. Als wäre dieser junge Mann der erste, der glaubwürdig gestorben war. Erika warf sich auf die andere Seite, zog die Decke so weit hinunter, daß sie die Füße unten einschlagen konnte. Als habe sie sich bisher nicht vorstellen können, was das heißt: jemand wird getötet, das Leben wird ihm ausgetrieben. Wir haben recht gehabt, dachte sie. Wir haben es immer schon gewußt, Klaus. *Der Serbe tötet grausam wie kein anderer.* Und der Russe kämpft auf seiner Seite, Klaus, wie du sagtest. Aber es sind Kosaken, die bei den Tschetniks kämpfen. Verstehst du das? Ich dachte immer …

Der rechte Arm war eingeschlafen – wie bei Tresky neulich. Manchmal träumten die Arme nachts einen anderen Traum, in dem sie schwer wurden. Erika machte Licht. Es war viertel vor eins. Sie stand auf und schüttelte die Hand aus, trank ein Glas Wasser. Tresky war abgereist. Sein Auto am anderen Ende des Parkplatzes, ohne Zuseher. »Zuhause muß ich die Sommerreifen montieren lassen«, hatte er gesagt. Jedes Wort legte ihr einen Abschied vor die Füße. Sein Blick war anders gewesen – nicht so überlegen. Wie weiches, kühles Wasser, in das sie hineinging, in dem sie schwamm und nun schon körperlos war, kein Gewicht, kein Druck, keine wilde Bewegung. Sein Blick hatte sie sogleich in eine Erinnerung verwandelt, die ihn selig-unruhig machen würde. Er sollte an sie denken, an ihr Gehen, Sitzen, Horchen neben ihm, er sollte sich nach ihr sehnen. Nach dem, was ihren Namen trug. Das war so lange nicht geschehen. *E-ri-ka!*

Sie legte sich wieder ins Bett. Der Schlaf schmiegte sich in ihre Schläfe.

Erika sah der Bäuerin zu, wie sie den Schafkäse vorsichtig aus dem Käsewasser hob und in eine dünne Plastiktüte schob, in der er gerade Platz hatte. Sie nahm den weichen, weißen Barren in Empfang und fragte, ob sie nicht noch einen stärkeren Plastiksack haben könnte. Sie kam sich dumm vor ohne Einkaufskorb, sichtlich im Nachteil gegenüber den professionellen Hausfrauen rund um sie, die sich eng an die Stände drängten. Eine Marktfrau tätschelte ein Stück Geselchtes. »Ganz frisch«, sagte sie. Eine andere schnitt zwischen ihren Brüsten einen Zweikilolaib Brot entzwei, hörte gerade noch rechtzeitig auf. Vielleicht behandelten die Bauern ihre Heiligen deswegen wie Verwandte, weil sie vertrauter mit diesen körperlichen Qualen waren, weil immer wieder einmal einer von einem Traktor überrollt oder von einer Sense verletzt wurde, von einer Heugabel, den Zinken eines Mähdreschers. Die ganze Zeit schon hatte Erika das Kreischen der Ferkel gehört, nun stand sie vor den mit weißen Tüchern halb zugedeckten Lattenkisten, in denen die kleinen feisten Tiere die Schnauzen hochreckten. Ihre weißen Wimpern machten sie irgendwie zu Mißgeburten. Sie kreischten, als wetzten sie ihre eigenen Messer. Erika sah am Straßenrand hinter den Kisten den Lastwagen mit der Plane stehen, Stroh auf der Ladefläche. In einer Kiste waren die Tiere so eng zusammengepreßt, daß sie einander fortwährend in die Seite traten. Keine blauen Flecken zu sehen, keine Blutergüsse. Heute war Donnerstag, ihre Behandlungstermine waren auf den Nachmittag verschoben worden. Vorige Woche war auch Donnerstag, dachte Erika. Ich werde Pfeffer auf den Schafkäse streuen. Dieser Donnerstag heute trägt zwar denselben Namen, aber er hat ihn sich nur angemaßt. Er hat deinen Paß gestohlen und will mir weismachen, mit seinem fremden Gesicht, er wäre du.

Donna Elvira sang von Rache, während Erika die Fenster ihres Wohnzimmers von den Tropfen der Frühlingsstürme reinigte, weiße Pünktchen scheuerte und verschmierte, bis sie endlich verschwunden waren. *Ah, chi mi dice mai / quel barbaro dov'è.* Erika stieg vom Fensterbrett, holte das Textbuch aus dem CD-Umschlag und las die Stelle nach. Ach, werd ich ihn wohl finden, der Liebe mir verhieß. Kein Wort von einem Barbaren, von einem Schuft! Donna Elviras Stimme fuhr wie ein aus der Bahn geschleuderter Krankenwagen in den Himmel hinauf. »Lassen Sie sich Zeit«, hatte der Arzt beim letzten Gespräch gesagt, und Erika hatte geglaubt, er meinte ihre neue Unruhe. Dieses Drängen, das wie ein aus einem jungen Leben herüberverpflanztes Organ so weitermachen wollte, wie es das gewöhnt war –, und die ihm fremden Gewöhnungen einfach umstieß. Aber sie war ohne Grund errötet. »Keine großen Haushaltsarbeiten«, hatte der Arzt erklärt. »Kein Osterputz! Belasten Sie Ihre Schultern und Ihren Nacken so wenig wie möglich mit solchen Schwerarbeiten.« Endlich einer, der begriff, daß das nicht etwas war, das man so im Vorbeigehen erledigte, auf dem Weg vom Erdgeschoß in den ersten Stock. Trotzdem sahen die Fenster schlimm aus.

Als sie heimkam, hatte eine Fliege im Wohnzimmer ihre Kreise gezogen. Die Fliege war immer wieder gegen die Scheibe gestoßen, zornig und unverbesserlich. Erika hatte sie mit dem Handrücken erschlagen, ehe sie noch wußte, was sie da tat. Sie hatte sich die Hände gewaschen, ihre Fingerknöchel hatten geschmerzt. Als sie wieder ins Zimmer gekommen war, hatte sie eine andere Fliege auf der Blutspur hochkriechen gesehen, alles betastend.

Erika drückte noch mal die Nummer der Arie. Sie sang zaghaft mit, aber Donna Elvira traute sich einfach mehr. Der Gesang kam ihr vor, als sei das Unausgesprochene ins Freie gegangen. *Ah, chi mi dice mai / quel barbaro dov'è!* Erika saß mit geschlossenen Augen, das ganze Wohnzimmer stampfte entrüstet auf. Ihr Kopf stieß die Kränkungen im Takt zu Donna Elviras schönstem Schmerz mit. Diese Stimme, die sich nicht um Etikette und Anstand kümmerte, sondern alle mithören ließ, was er ihr angetan hatte, der Barbar ihrer Liebe! Noch wenn sie in die Lieder schlüpften, die ihnen vorgeschrieben waren, die man schon im voraus heimlich hörte, machten sie einen glauben, sie könnten die Geschichte jederzeit selber in die Hand nehmen und die Tragödie überlisten. Hätte man selbst einmal die Stimme so vorausgeschickt – vielleicht wäre der Körper gefolgt. Vielleicht wäre alles anders geworden.

Erika hatte das Gefühl, in ihr Schicksal wie in ein zu großes Haus getreten zu sein. Die hohen, hellen Räume, in denen nichts stand, die einem ihre Leere als Erwartung ins Herz füllten, so daß man schnell weiterging, das Eigentliche zu finden. Und dann war man im letzten, im dunklen Raum angelangt, der nur auf diesen einen Besucher gewartet hatte. Manchmal regte sich ganz schwach die Möglichkeit, daß sie bei ihrem Schicksal ja nur zu Besuch war. Aber das brachte keinen Trost, denn ebensogut hätte man sagen können, man sei in seinem eigenen Leben nur zu Gast. Wohin sollte man denn. Klaus, dem man die Beine aufheben mußte, hatte ihr Leben zu seinem gemacht. Zwei lange, blasse, gerupfte Beine, die sie an den Fersen nahm. Wenn sie die Knöchel aus Versehen aneinanderschlug, sah es aus, als bettelte er ums Gehen. Sie spürte nicht mehr, daß sie ihn anschaute, egal wo. Ihr Blick fiel tot auf seinen Körper, aus dem die Kraft desertiert war. Er behalf sich. Niemand konnte so festnageln wie Klaus, er ließ nicht nach, bis er seinen Gesprächspartner in die Ecke getrieben hatte – er, der Krüppel. Er jagte durchs Zimmer, indem er in seinem Lehnstuhl saß und mit seinem unsichtbaren Säbel immer noch einmal zustach.

Erika hatte die Waffen seit dem Klirren und Schlagen beim Begräbnis nicht mehr geputzt. Sie hatte das Herrenzimmer nur betreten, wenn sie einen Kunstband holte. Es war ganz klar, daß sie keinen Duchamp-Band besaßen. Sie hätte zu gern gewußt, welche Ähnlichkeit Tresky in den beiden Bildern sah. Sie drehte die Musik etwas lauter, damit Donna Elvira sie begleiten könne. Ein Sonnenstreifen war quer durchs Fenster hereingelegt worden, auf dem hüpften die Lufttierchen herum, die man sonst nicht sah. Es war, als spielten sie hier schon lange, weil es ihr liebster Platz geworden war – ein verlassenes Gelände mit seltsamen, abgestellten Maschinen oder Möbeln. Don Giovanni und Leporello drängten hinter Donna Elvira nach. Erika wanderte mit den Blicken die dunklen Ränder ab, die im Schatten liegende Bücherwand mit den vielen alten Bänden, den Klassikern, den historischen Büchern. Den in schwarzes Leinen gebundenen Jahrgängen des Eckartboten. Die frechen italienischen Stimmen stritten in Klaus' Zimmer weiter. Sie handelten ihren Disput ab, ohne Erika um Erlaubnis zu fragen. Sie gingen im Zimmer herum und machten sich, während sie sprachen oder ins Singen abzuheben schienen, über die Bücher her, zogen hier eins heraus, schoben dort eins hinein, zeichneten eine schwarze Bahn über das verstaubte Fenster des Gläserschranks, sperrten auf und zu und auf. Dann begann Leporello zu schreien. Im Grunde genommen, dachte Erika, kann ich jetzt hierher einladen, wen ich will. Für so lange, wie ich will. *Das Julfest wirst du alleine feiern müssen.* Klaus war am 30. Oktober gestorben.

Leporello sang den Lasterkatalog seines Herrn vor. Erika

sah den Bellini-Band, aber sie hatte keine Lust auf das Verkündigungsbild, solange sie es nicht mit Duchamp vergleichen konnte. Plötzlich schlug ein Luftzug das Fenster im Wohnzimmer zu. Erika fuhr zusammen. In ihrer Putzschürze setzte sie sich aufs Sofa und strich über die Rippen des Stoffs, die Nähte entlang, schob die Finger zwischen die Lehne und die Bank, tastete die Sitzfläche ab. Sie saß da und hörte dem Gesang zu, aber sie gab ihm keine Antwort. Ihre Nerven, ihr Blut waren grau. Jeder Gedanke knickte um, ehe er seinen Inhalt erreicht hatte. Sie schien sich weit nach innen geöffnet zu haben, so daß jeder Entschluß einen viel zu langen Weg hätte zurücklegen müssen, ehe er ihr in die Glieder fuhr. Sie konnte sich nicht vorstellen aufzustehen.

Aber dann forderte ein unbeschreiblich süßer Ton ihre Hand und zog sie hoch aus ihrem Vergessen. *Reich mir die …* hier legten sich die deutschen Worte über die italienischen. Alle irgendwann weggeschickte Zukunft wollte mit weicher Gewalt zurückkehren. Niemals hatte Klaus sie so umschmeichelt, so sanft überschwemmt, seine Stimme oder seinen Arm so rund um sie gelegt. Er war höflich gewesen, korrekt – gerecht. Selbst in seinen Ausbrüchen gegen die verfluchte, verhaßte Krankheit hatte er Erika nie mit einem schmutzigen Wort beleidigt. Sie hatte sich dennoch gefürchtet vor diesen Anfällen. Weil er nicht aus seinem Stuhl konnte, tobte er nur noch mehr. Er war ein festgebundener Sturm. Manchmal bewunderte sie seinen Stolz sogar. Er akzeptierte diese Krankheit nicht, die ihn von innen her in eisernen Zangen hielt. *Ich kann sprechen, als wäre ich gesund. Ich kann sie mit jedem Satz negieren. Ich beuge mich nicht! Diese Krankheit gehört nicht zu mir, sie ist ein Eindringling, den ich bis zum letzten Tag bekämpfen werde.*

Erika wußte nicht, ob es besser gewesen wäre, wenn er sich gefügt hätte – aber was hätte das bedeutet? Die Worte nachholen dorthin, wo der Körper längst war. Auch das Reden krank machen. Was hatte dieser Arzt im Heim gesagt? »Alles, was wir annehmen, verwandelt sich.« Ein Zitat irgendeiner englischen Schriftstellerin, die an Tuberkulose gestorben war. In welche Lüge hätte sich Klaus' Lähmung verwandeln sollen? In ein Leben, das *auch* in seinem Körper hauste, das eben nur anders war? Das man als zu sich gehörig empfinden sollte, als Äußerung des einen Lebens, das man besaß? *Meine einzige Genugtuung ist: Wenn ich sterbe, krepiert diese Sau mit mir.* Was war daran so schwer zu verstehen? Sie hatte das Gefühl gehabt, der Arzt stellte sich dumm. Es gab solche Leute, die einen dazu brachten, viel zuviel zu reden und sich von der verwundbarsten Seite zu zeigen. Die wußten genau, wo man einen anderen aufschlitzen mußte mit ein paar sicheren Schnitten. Dann holten sie einem die Eingeweide aus dem Kopf.

Die Geschichte dieses Lebens mit Klaus gehörte nur ihnen beiden, sie ging niemanden sonst etwas an. Nicht irgendeinen Arzt, der an ihr seine Theorien ausprobieren wollte, nicht Tresky, auch wenn der selber ohne Hemmungen erzählte. War das Vertrauen gewesen zu ihr, der sensiblen Zuhörerin, oder Gleichgültigkeit sich selbst gegenüber, der Rolle, die er in dieser Ehe gespielt hatte? Es klang nicht so, als ob er seiner Ehefrau verziehen hätte. Erika konnte sich unter einem Spezialisten für islamische Architektur nicht viel vorstellen. Diese paar Gebäude in Wien, das genügte doch nicht für einen Beruf ein Leben lang. Im Arsenal war sie einmal mit Klaus gewesen, ganz zu Beginn. Was daran islamisch sein sollte, begriff sie nicht.

Vendetta – drohte Donna Elvira mit ansteigender Stimme, als zöge sie höchstselbst den Säbel. Nein, unvorstellbar, Klaus seinem Schicksal zu überlassen oder gar wegen eines anderen Mannes wegzugehen. Seine Ehre wäre für immer beschmutzt gewesen – und er ohne Möglichkeit, Genugtuung zu bekommen. Die Krankheit hatte seine Ehre so arg verletzt, daß er auf allen Gebieten überempfindlich geworden war. Hätte Klaus den Arzt gehört, mit seinem abwegigen Zitat, er hätte auf den Tisch gedroschen, mit der flachen Hand, bis er genug Feuer aus dem toten Holz geschlagen hatte und seine Hand glühte. Als Erika ihn zum erstenmal so prügeln gesehen hatte, hatte sie ihn zurückhalten wollen, aber das hatte ihn nur noch wütender gemacht. Er war *außer sich*, der Gefangene. Damals hatte sie auch erstmals dran gedacht, daß er sich umbringen könnte. Während sie einkaufen war. Wenn er ihr besonders viele Aufträge mitgab. Als Wache schob er die Befehle, zu einer bestimmten Zeit wieder hierzusein, vor. *Nicht später als vier!* Das konnte auch heißen: Nicht vor vier. Und der allerletzte Auftrag, für den er sie immer wieder einmal zurückholte ins Haus, wenn sie schon beim Auto stand und er ans Fenster klopfte mit seinem Stock. *Mir ist noch etwas eingefallen.* Das konnte auch heißen: Ich bin mir nicht sicher, ob die Zeit reicht.

Sie hatte sich beeilt, im Supermarkt die Leute vor ihr gebeten, sie doch vorzulassen, und die schiefen Blicke auf ihren vollen Einkaufswagen ertragen. Sie war von da nach dort gehetzt, bis es ihr eines Tages egal geworden war, ob zuhause die Katastrophe auf sie wartete. Die Angst war irgendwann einmal ausgeblieben, hatte die stillere Gleichgültigkeit in Erikas Haushalt geschickt. Statt Fragen keine Fragen. Erika war so müde, daß ihr auch das Geschehenlassen als eine Beschäftigung anhing. Dann fand sie sich nach einer Weile gekräftigt und kehrte den Spieß in ihr um. Die stummen Dialoge begannen. Wenn du schon so viel auf deine Ehre hältst ... wenn du diesen Fremdkörper nicht fordern kannst, warum läßt du dich dann so quälen ... warum quälst du mich dann ... wenn der Fremdkörper nur mit dir verschwindet, warum ...

Sie ließ sich nichts anmerken. Sie lag im Bett neben ihm, irgendwann gegen eins, wenn er endlich vom Fernsehen erschöpft war, wenn er, ehe sie die österreichische Bundeshymne spielten, den Ton weggedrückt und *Deutschland, Deutschland über alles* gebrummt hatte. Sie lag neben ihm, aufgewühlt von den Filmen, und redete stumm auf ihn ein. Am nächsten Tag konnte sie ihm kaum in die Augen sehen vor Schuldgefühlen und ertrug seine Forderungen fürs Frühstück, ohne ein Wort zu sagen. Sie wußte nicht, wie sie diese Stimme zum Schweigen bringen sollte, die wie ein Enzym oder ein Hormon in ihr rumorte, einen Gedanken am anderen entzündete, bis es sich wie ein Lauffeuer in ihrem Kopf verbreitet hatte und von Klaus' großen Gesten nichts mehr übrig war. Sie fürchtete sich davor, daß diese Stimme einmal laut sprechen könnte. Hinter diesen Sätzen würde ein Gitter herunterrasseln, und sie wäre für immer mit ihnen und mit Klaus zusammengesperrt, auf noch engerem Raum. Egal, ob er könnte oder nicht – Klaus würde sie niemals wegschicken. Niemand sonst konnte mit ihm umgehen, niemand ertrug ihn. Er hatte selbst verordnet, daß nur sie wisse, was er benötige. Mitleid, Trost, Aufmunterung, das ertrug er nur in der für ihn maßgeschneiderten Form. Alles Schöne mußte hinken. Was ihr von ihm einmal als seine Liebe entgegengekommen war – die Besitznahme, das grenzenlose Gefühl des Verfügens –, hatte sich in ihm vervielfacht, darum wäre es auch sinnlos gewesen, ihm

Lieblosigkeit vorzuwerfen. Er hätte es nicht verstanden. Er war von nichts abgerückt.

»Was machst du, wenn Erika eines Tages nicht mehr kann?« Wie aus einer Umgebung, die gar nicht existierte, die völlig unsichtbar war, hatte Peter, ihr Skatpartner, eines Abends diese Frage hervorgezerrt. Er hatte ihr die Möglichkeit eines Widerspruchs aus seinem Zylinder gezaubert. Aber so, wie man das Wunder nicht an den langen Ohren packen und mit ihm nach Hause gehen kann, war auch diese Frage wieder verschwunden. Erikas schönes, stummes Erstaunen, die ärgerliche Abwehr von Klaus waren nichts weiter als Reaktionen eines Publikums, das sich über die wirkliche Welt längst verständigt hatte.

Es war ruhig geworden. Die Musik hatte schon vor einiger Zeit aufgehört. Alles horchte. Erika stand auf und strich sich mit beiden Händen durch die Haare, die sie sich nun schon sechs Wochen nicht hatte schneiden lassen.

Im Parkhaus der nächstgrößeren Stadt, wo sie ihr Auto abstellte, um mit dem Zug weiter nach Wien zu fahren, wäre sie in den viel zu engen Kurven fast mit einem anderen Fahrzeug zusammengestoßen. Vor Schreck hätte sie beinahe vergessen, ihre Fahrschuhe gegen die Opernschuhe mit den hohen Absätzen auszutauschen. Erika stieg vorsichtig die Betontreppe an der Außenseite des Parkhauses hinunter. Im langen unterirdischen Gang zu den Gleisen ärgerte sie sich über das moderne Kopfsteinpflaster, in dessen Ritzen sie fortwährend trat. Tresky hatte im letzten Augenblick angerufen und sich für ihre Karte bedankt. Er sagte Sätze, die gleich wieder umkehrten, wie: »Ich werde mir schon Zeit nehmen. Ist es tatsächlich schon Anfang Mai.« Alles zu Freundliche hätte ihr nur den

Weg gezeigt in seine Konzentration, in der er nicht aufgestöbert werden wollte.

Im Zug setzte sie sich in ein leeres Abteil. Nachdem der Schaffner gegangen war, zog sie die Schuhe aus und legte die Beine auf die Bank. Ihre Füße sogen die Luft an, sie brannten jetzt schon. Kaum hatte Erika es sich bequem gemacht, wurde die Tür aufgestoßen, und das Lachen zweier junger Burschen fiel über sie her. Mit ein paar sicheren Griffen erledigten sie Erikas Ruhe. Sie warfen sich in die Sitze, erwähnten diesen ihnen so mühelos zugefallenen Sieg mit keinem Wort und begannen gleich von ihren Computern zu reden. Erika hatte ihnen nichts entgegenzusetzen. In ihren Ohren tönte nur der öde Gesang der Eroberer. Es wurde bald unerträglich warm in dem Abteil, so daß sie aufstand und über die Körper der beiden jungen Männer hin zum Heizungsschalter über der Tür langte. Sie spürte, wie sich ihr Opernkleid hochschob. Der eine hatte ein entzündetes Kinn. Gelbe Pickel.

Es war nicht möglich, sich aus diesem fortwährenden Anstacheln herauszuhalten. Etwas in ihr wurde blitzschell umgeschichtet, wenn einer dem anderen ins Wort fiel. Das Übertrumpfen wurde immer wieder durch ein knatterndes Lachen unterbrochen, so, als hätten sie das Ganze ohnedies nicht ernst gemeint. Erika schaute aus dem Fenster, aber auch das hielt sie nicht lange aus. In St. Pölten standen sie eine Weile. Auf dem Nebengleis, fast Wand an Wand mit dem Waggon, in dem sie saß, fuhr ein Zug ein und blieb stehen. Ein älterer Mann saß allein in einem Abteil. Seine Lippen bewegten sich, er hielt ein Buch, das eine Bibel sein konnte, aber vielleicht waren es auch Steuertabellen. Oder Hölderlin-Gedichte.

In Hütteldorf stieg Erika in die U-Bahn um. An jeder Station kamen mehr Leute dazu, ab Schönbrunn saß ihr ein säuerlich riechender Mann gegenüber. Ehe ihr ein Blick entwischte, ahnte sie, was den zusammengeschobenen Raum zwischen ihren und seinen Knien vergiftete. Die Hand liebkoste den Hosenstoff. Er knetete sein Geschlecht. Einmal gelang es ihm, ihren Blick in seinen zu lenken, ganz helle Augen, schwarze Munition drin. Sie haßte ihn, weil er sie zwang, ein übertriebenes Interesse für die Reklamewände in den Stationen zu heucheln.

Am Karlsplatz kam ihr in der Passage ein junger Mann im Rückwärtsgang entgegen, breitbeinig, die Arme vom Körper abstehend. Sie wich gerade noch aus, der Junge taumelte weiter. Ein paar Leute waren stehengeblieben und sahen sich das an. Warum tut denn keiner was, dachte Erika. Sie ging unentschlossen weiter, sagte sich den Satz vor: Dort fällt gerade ein Drogensüchtiger um, helfen Sie ihm. Es waren weit und breit keine Polizisten zu sehen, die doch angeblich hier patrouillierten. Auch nicht im Freien. Sie ging in das Musikgeschäft in den Arkaden der Oper und begann wahllos die CDs durchzublättern.

Um zwölf Uhr wollte Tresky sie vor dem Stefansdom treffen. Schumann, Schumann, Schumann.

»Kann ich Ihnen helfen?«

Erika fuhr auf und sah der jungen, großgewachsenen Frau in die Augen, die sich zu ihr beugte.

»Nein«, sagte sie. »Oder doch. Gibt es etwas Neues von Mits-ku Shirai?«

»Wissen Sie, welches Lebewesen die größte Anzahl von Stunden im Tageslicht verbringt?« fragte Tresky.

Erika schüttelte den Kopf.

»Die Küstenseeschwalbe. Sie brütet in der Arktis, wenn

dort Mitternachtssonne ist. Dann fliegt sie über den Atlantik – übrigens nie über den Pazifik – nach Süden, in der Antarktis sieht sie dann zwei Monate lang wiederum keinen Sonnenuntergang, die übrige Zeit taucht die Sonne nur ein bißchen unter den Horizont – es ist immer hell. Mindestens acht Monate im Jahr hat diese Schwalbe 24 Stunden am Tag Licht.«

Er gab ihr Feuer.

»Haben Sie es auch nicht geschafft?«

»Doch«, sagte Erika. »Ich rauche viel weniger.«

Seine Manschetten hatten innen schwarze Bögen. Sie war viel zu elegant angezogen für das Ristorante, in das er sie geführt hatte. Sie fühlte sich wie zurückgepfiffen aus irgendwelchen schön ausstaffierten Erwartungen und zur Strafe an diesen Tisch versetzt.

»Die Vongole sind nirgends so gut wie hier«, sagte er. »Die Küstenseeschwalben prüfen übrigens ständig die Wasseroberfläche, wenn sie fliegen. Sie halten den Schnabel meistens im rechten Winkel zum Körper abwärts gerichtet – schweben über dem Fischschwarm – und im günstigen Augenblick, kairos!, stürzen sie sich hinunter und schnappen zu!«

Erika versuchte sich vorzustellen, wie die Vögel mit diesem abgewinkelten Schnabel fliegen sollten.

»Wie geht es Ihrer Arbeit?«

»Gut, gut, gut«, sagte er.

Erika begann ein Stück Brot auseinanderzupflücken.

»Ich habe noch mal Schafkäse gekauft«, sagte sie. »Im Ort, auf dem Markt!«

»Ach so, das hatte ich schon wieder vergessen, daß wir dort Schafkäse gegessen haben. In meiner Nähe gibts einen wunderbaren Metzger, den Lewisch, der hat manchmal Schafkäse, manchmal sogar frisches Basilikum aus Italien.«

»Ein schöner Luxus«, sagte Erika. »Basilikum aus Italien hierherzufahren, wenn es auch bei uns wächst. Dieses unnütze Herumtransportieren gehört bestraft.«

»Das Basilikum fährt doch nur so nebenbei mit«, sagte Tresky. Er hob sein Glas. »Auf – Lewisch! Oder nein – auf Ihre *Götterdämmerung*! Sie sehen sich doch die *Götterdämmerung* an, habe ich mir das richtig gemerkt?«

»Ja«, sagte Erika und kam sich wie ein dummes Mädchen vor. Sie hielt ihr Glas mit dem Chianti in der Hand und wußte nicht, was tun. Tresky hatte seines schon zum Mund geführt.

»Was haben Sie denn heute nachmittag noch vor?«

»Ja – ich dachte, es hätte mich interessiert –«, sagte Erika.

Tresky hob seine Hand mit den gespreizten Fingern leicht hoch, dieser Blick auf die Uhr.

»Um vier habe ich einen Termin«, sagte er. »Vielleicht kommen Sie noch auf einen Kaffee zu mir und sehen sich ein paar Bilder an?«

Erika fand nicht gleich in den Ärmel, als Tresky ihr den Mantel hielt.

»Sie haben ein schönes Kleid«, sagte er im Hinausgehen. »Von einem Maler erwarten die Leute immer, daß er bemerkt, wie sie gekleidet sind. Und daß er originelle Weihnachtskarten verschickt. Jetzt haben wir zwei Möglichkeiten. Entweder wir fahren mit der U-Bahn zum Südbahnhof und gehen dann zu Fuß zu mir. Oder wir nehmen ein Taxi. Nehmen wir ein Taxi.«

Er hielt ihr die Wagentür mit einem Grinsen auf und schwenkte den Arm. »Bitte, Gnädigste.« Er setzte ihre zarten, schattenhaften Wünsche einem grellen Licht aus, in dem sie sich selbst sofort zurücknahmen. Und während sie das rechte Bein noch ins Auto zog, fühlte sie ihre Freude, sich schöngemacht zu haben, in den Schmutz gezerrt. Sie hatte Tresky nicht zu jener Sorte unsicherer Männer gezählt, die Frauen gern das Gefühl geben, daß ihre Verführungskunst nur Meterware ist, daß ihnen zum wirklichen Weib etwas fehlt.

Tresky erklärte dem Taxifahrer die Einbahnregelung rund um die Kölblgasse.

»Neulich ist mir etwas Schreckliches passiert«, sagte er und deutete auf die Straße. »Dort, bei diesem Autosalon. Ich dachte an irgend etwas, kann mich schon nicht mehr erinnern, an was. Zugleich sah ich mich aber in dem Autosalon wie einen Geist durch die neuen Automodelle gehen. Dann schluckte mich plötzlich eine Wand, und ich rannte in einen Mann hinein. Er packte mich und drehte mich herum. Ich entschuldigte mich. Er legte die Hand auf die Brust, als wollte er beteuern, daß er mir verziehen habe. Es sah so italienisch aus. ›Ich habe einen Herzschrittmacher‹, sagte er dann. Ich entschuldigte mich noch einmal. ›Ist alles in Ordnung?‹ fragte ich. ›Habe ich Ihnen wehgetan?‹ Er war jünger als ich. ›Wird schon nichts sein‹, sagte er, aber er sah nicht so aus, als glaubte er es. Ich wußte nicht, was ich tun sollte. Ich bat ihn um seine Telefonnummer. Er schüttelte den Kopf. ›Wozu denn? Nicht nötig.‹ Dann gingen wir auseinander.«

»Er wird es schon überstanden haben«, sagte Erika.

»Wissen Sie, ich dachte noch lange drüber nach. Das ist doch die Situation, in der man nur mit einem großen Opfer verhindern kann, daß der andere doch noch an einem Herzinfarkt stirbt. So, wie man das als Kind mit dem lieben Gott aushandelt. Wenn ich auf die Schularbeit kein Nicht genügend bekomme, dann helfe ich meinem Vater den ganzen Sommer lang in der Werkstatt, ohne zu murren. Man bietet bei solchen Händeln doch nicht immer gleich das Höchste. Nach dem

Zusammenstoß mit diesem kranken Mann dachte ich nach, was ich heute als Opfer anbieten würde. Ob ich überhaupt ein Opfer bringen würde. Wissen Sie was? Es war mir egal. Ich hätte diesen Mann geopfert, nur um selbst kein Opfer bringen zu müssen.«

Tresky hielt sich mit der Hand an der Lehne des Vordersitzes fest. »Ist das nicht schrecklich?«

»Vielleicht hätte er Ihnen mehr bedeutet, wenn er Ihnen seine Telefonnummer gegeben hätte«, sagte Erika.

Sie hielten, und Tresky bezahlte. Als sie ganz oben im dritten Stock angelangt waren, keuchte Erika schon. Sie hätte am liebsten gleich ihren Mantel ausgezogen. Tresky ging voran in die Wohnung, sie tappte ihm in dem dunklen Flur nach, stieß an Schuhe, die herumstanden. Er machte die Tür auf, das Licht fiel von oben herein. Sie hatte das Gefühl, in die Wahrnehmungsreviere eines noch unsichtbaren Publikums eingetreten zu sein. Das gab ihrem Gesicht, aber jetzt auch schon ihren Händen und der Art, wie sie sich langsam umdrehte, etwas von außen Mitgezähltes. Sie war auf eine noch schwer zu bestimmende Weise im Spiel. Tresky nahm ihr den Mantel ab und warf ihn über den nächsten Stuhl.

»Kaffee«, sagte er und hob dabei wie ein Lehrer den Zeigefinger.

Diese Geste machte ihr einen scharfen kurzen Augenblick lang Heimweh nach einem ganz gewöhnlichen Leben, in dem man auch dumm sein durfte, dumm und durstig, mit gierigen Augen. Es kam ihr jetzt vor, als habe sie sich nicht für den Opernabend schön angezogen, sondern um Tresky von etwas abzulenken, das seinen Ansprüchen als Künstler nicht genügte. Einem banalen Bedürfnis nach Sicherheit und Verläßlichkeit, das für ihn gleichbedeutend schien mit schlechtem

Geschmack. Warum sonst sollte er sie fortwährend vor den Kopf stoßen?

Tresky hantierte in der Küche herum. Erika wanderte mit den Augen die Einrichtung ab – ein paar Fauteuils, ein Sofa, ein Tisch, viele Bücher an der Wand und auf dem Boden. Ein überladener Schreibtisch. Die Wände entlang, übereinandergelehnt, Bilder. Große Formate, von denen man nur einen blauen oder grauen oder schwarzen Streifen am Rand sah. Davor kleinere, auf denen eine Farbtube explodiert zu sein schien, Spritzer, Flecken, Streifen. Chaotische bunte Firmamente. Manchmal ein chinesisches Schriftzeichen in einer Ecke. Erika betrachtete ein Bild auf einer Staffelei, das offenbar in Arbeit war. Sie flehte um den erlösenden Satz, der dieses Bild beschrieb. Es stand dort wie ein störrisches Kind und zog eine Grimasse. Und nun sollte man sagen, wie hübsch es sei.

»Gleich ist es soweit«, sagte Tresky im Türrahmen. »Eins wollte ich Ihnen zeigen.«

Er ging an die hintere Wand, wo in hohen Regalen eine Unzahl von Bildern gestaffelt war. Er begann zu suchen, und Erika dachte, die Bilder müßten einander gegenseitig doch die Farbe abschaben.

»Hier«, sagte er. »Helfen Sie mir.«

Sie hielt die anderen Bilder fest, während er vorsichtig ein kleineres Format herauszog. Er stellte es auf einen Stuhl. Es zeigte ein Stück Boden, vielleicht der Bretterboden hier. Darauf standen ausgetretene rote Damenschuhe.

»Pumps nennt man das wohl«, sagte er.

»Ja«, sagte sie. Es klang, als entschuldigte sie sich für das dumme Wort.

»Die Schuhe gehörten Ingeborg. Es waren einmal ihre Lieblingsschuhe gewesen. Sie hatte sie vergessen, als sie auszog.

Ich fand sie viel später, noch in der alten Wohnung natürlich, in der wir gemeinsam lebten. Sie waren verstaubt und fast farblos. Ich wischte sie sauber und legte in jeden meine Hand hinein. An manchen Stellen fühlten sie sich hart an.«

Erika verlagerte ihr Gewicht auf das andere Bein.

»Es gefällt mir sehr gut«, sagte sie. »Es ist sehr traurig, aber auch schön. Haben Sie es nie aufgehängt?«

Tresky schüttelte den Kopf.

»Es erinnerte mich dann zu sehr an van Gogh. Es ist nichts wirklich Eigenes.«

»Warum zeigen Sie es mir dann?«

»Ich dachte, es könnte Sie interessieren. Frauen wollen doch immer wissen, wie Männer über sie denken. Jetzt wissen Sie, wie ich über meine Frau dachte. Nein, nein, natürlich wissen Sie das nicht. Obwohl man vermutlich eine Menge zu der Objektwahl bei diesem Bild sagen könnte ...«

»Was mich interessieren würde –«

»Da fällt mir etwas Lustiges ein. Ich las neulich eine Anzeige in der Zeitung – Suche Frau, Schuhgröße 36 links, 38 rechts. Was würden Sie sich da vorstellen? Nein, nichts Unanständiges. Das Inserat war von einer Frau aufgegeben.«

Erika schüttelte den Kopf.

»Die hatte selber die umgekehrten Größen«, sagte Tresky. »Und damit sie nicht immer zwei Paar Schuhe kaufen muß ...«

Er lachte laut, beschwerte seinen Platz, alle seine Eigenheiten mit diesem Lachen.

»Das hab ich noch nie gehört«, sagte Erika. »Aber es ist ja ganz logisch. Was mich interessieren würde, sind die Portraits Ihrer Frau ...«

»Nehmen Sie Zucker?« fragte Tresky. »Ich halte Zucker im Kaffee nicht aus. Wollen Sie?«

Und im Hinausgehen: »Jaja, ich zeige sie Ihnen schon.«

Erika versuchte, sich in Ingeborgs roten Schuhen vorzustellen. Aber dazu müßte sie sich umdrehen. Es war wie eine Straßenkarte, die mit dem Süden nach oben liegt. Tresky kehrte mit der Zuckerschale wieder.

»Es ist mir sehr peinlich«, sagte er. »Es war eine Ameise drin. Ich hab schon eine Ewigkeit nicht hineingeschaut. Lassen Sie uns zuerst Kaffee trinken, dann zeige ich Ihnen die Bilder von Ingeborg.«

Als er sie gleich darauf nach ihrem Nacken fragte und dazu den Kopf langsam nach links neigte, nach rechts, nahm sie das als Entschuldigung. Sie enthielt ihm ihre Absolution noch vor.

»Das ist seltsam«, sagte sie. »Diese Bewegung, die Sie jetzt gemacht haben, hat mich an eine Figur erinnert, die in meiner Heimatstadt lange Zeit im Schaufenster einer Kaffeerösterei saß. Ein Negerjunge im Türkensitz. Er hatte in jeder Hand ein Päckchen Meinl-Kaffee und wiegte den Kopf so hin und her ... als mache er Übungen gegen seine Verspannungen im Nacken, auf dem Kopf hatte er diese rote Meinl-Mütze ...«

»In Souillac, in Frankreich«, sagte Tresky, »gibt es ein Automatenmuseum. Da sieht man eine Frau im Wäscherinnenkleid, die einem Negerjungen das Hinterteil schrubbt. Von dem Jungen taucht abwechselnd der Kopf auf, dann das Hinterteil. Die Frau schrubbt mit einer Bürste, aber das Hinterteil bleibt immer schwarz. Es ist eine Seifenreklame.«

»Wenn er aber schwarz bleibt, spricht das gegen die Seife«, sagte Erika.

»Auf jeden Fall eine schlüpfrige Angelegenheit. Sie haben noch nicht gesagt, wie es Ihnen geht.«

»Gut«, sagte Erika.

»Gut«, wiederholte Tresky. »Ich wünschte, das könnte ich von meinen Gelenken auch sagen. Es wird sich wohl nichts mehr dran ändern. Wenn ich arbeite, arbeite ich zuviel, und dann rächt sich dieses Gerippe mit Schmerzen – und dann kann ich ein paar Tage überhaupt nichts tun, die Zeit ist verloren, ich werde immer unzufriedener, immer verzweifelter, dann lassen die Schmerzen nach, und ich male wieder stundenlang.«

Tresky nahm einen Schluck. Wenn er so von sich sprach, war sie schon wieder bereit, seinem schönen, unverstellten Ton zu folgen. Sie fühlte sich zusammengefaßt auf das Nötigste, um reisefertig zu sein. Sie war auf dem Sprung.

»Glauben Sie, daß der Mensch fähig ist umzulernen?« fragte Tresky. »Den Schaden, den er sich zufügt, so zu hassen, daß er ihn nicht mehr an sich heranläßt?«

»Muß es unbedingt Haß sein?«

»Was sonst ist stark genug, um gegen dieses gutgetarnte Übel anzutreten?«

»Kann es nicht auch einfach befreiend sein, etwas zu lernen?«

»Die Süße des Lernens meinen Sie? So, wie man nach einer alten Tradition jüdischen Kindern auf dem ersten Schultag Rosinen und Mandeln mitgibt als Symbole für die Süße des Lernens?«

»Tut man das?« fragte Erika.

»Ein Freund erzählte es mir einmal. Ein wunderbarer Mensch, den ich sehr geliebt habe. Ich werde Ihnen eine Geschichte erzählen, die Sie gut verstehen werden. Mein Freund kannte vor vielen Jahren einen Schriftsteller, der eines Tages aufwachte und gelähmt war. Nichts brachte ihn wieder in

Bewegung. Die Koryphäen konnte er sich nicht leisten, und die Ärzte, die sich mit ihm beschäftigten, wußten keinen Rat. ›Wenn es so über Nacht gekommen ist, muß es doch auch über Nacht wieder vergehen können‹, sagte mein Freund zu ihm. Er konzentrierte sich und nahm seine ganze Kraft zusammen. Er wollte den Freund mit der Kraft seiner Gedanken zurückschicken in sein gesundes Leben. Natürlich gelang es nicht. Ein andermal hob er den Freund aus dem Rollstuhl und setzte ihn aufs Sofa. Er selbst setzte sich in den Rollstuhl. ›Siehst du‹, sagte er, ›nun ist kein Unterschied mehr zwischen uns.‹ – ›Doch‹, sagte der gelähmte Freund. ›Du hast soeben die Beine übereinandergeschlagen.‹ – Er hatte mir ein Buch dieses Schriftstellers zeigen wollen, er hielt es mit beiden Händen und schlug immer wieder auf seine Knie damit.«

Erika schwieg. *Meine Krankheit geht niemanden etwas an. Keine Geschichten, bitte.*

»Ja«, sagte sie. »Verzeihen Sie, aber mir kommt diese Geschichte sehr uneinfühlsam vor. Mein Mann hätte das gewiß auch so empfunden.«

»Diesen Rollentausch, meinen Sie? Aber begreifen Sie denn nicht, mein Freund handelte aus reinstem Herzen, er setzte sich in den Rollstuhl –«

»Ja, aber das muß der Gelähmte doch als Theater empfunden haben, als bloßes Spiel, bei dem wieder nur der Kranke auf der Strecke bleibt –«

»Sie kannten meinen Freund nicht. In dem Augenblick, in dem er sich in den Rollstuhl setzte, hatte er das Schicksal getauscht –«

»Mit Rückgaberecht!«

Tresky machte den Mund auf. Einen Augenblick lang

starrte er sie an, als habe er alle Orientierung verloren. Dann gähnte er ganz klein und war wieder bei sich.

»Nein, nein. Es ist ein Mißverständnis«, sagte er.

»Meinen Mann hätte so ein Experiment vermutlich mehr gekränkt als eine achtlose Bemerkung. Wenn jemand sagte, der maroden Wirtschaft muß ›auf die Beine geholfen werden‹, oder ›der macht den Großparteien Beine‹ – das konnte er mit einem Lachen übergehen – sehen Sie, das ist schon wieder so eine Redewendung. Aber gezwungen zu werden, seine eigene Rolle von einem anderen gespielt zu sehen, und noch dazu schlecht –«

»Das hieße ja, er *wollte* seine Rolle gar nicht abgeben!«

»Er *konnte* nicht! Verstehen Sie denn nicht, wie geschmacklos das Ganze ist?«

Tresky senkte den Kopf. Seine Finger klopften gegeneinander.

»Ich verstehe nicht«, sagte er langsam, »daß man solche Gefühle als geschmacklos bezeichnen kann. Mein Freund hat einfach sein Mitgefühl auch mit dem Körper ausgedrückt.«

Erika stand auf und ging ans Fenster. *Sentimentaler Schwachsinn.* Wenn sich in einem Film eine Liebesszene ankündigte, wenn zwei näherrückten, schlug Klaus mit einer zynischen Bemerkung dazwischen. Er zerrte eine Unstimmigkeit der Ausstattung ans Licht, oder eine unlogische Antwort, oder er gab ihnen den Text vor, rief einen lächerlichen Satz aus dem unendlichen Speicher seiner vor dem Fernseher verbrachten Jahre ab. Erika konnte aufatmen, wenn auf diese Weise ein frischer, kalter Wind durch die schwüle Möglichkeit des Glücks blies. Fiel ihm nichts mehr ein, verjagte Klaus die einander umschmeichelnden Gestalten mit einem Knopfdruck vom Bildschirm. *Endlösung!*

»Was ist denn«, sagte Tresky. »Wir wollen doch nicht streiten. Setzen Sie sich doch wieder her. Wenn Sie schon einmal in Wien sind ... haben Sie mir nicht von Venedig erzählt? Ich fahre demnächst für ein paar Tage hin. Es gibt eine große Duchamp-Ausstellung. Warten Sie, ich wollte Ihnen etwas zeigen.«

Er ging zu den Regalen mit den Kunstbänden.

»Wie haben Sie denn Ihre Bücher geordnet?« fragte er. »Ich habs einmal alphabetisch versucht, Bellini, Bellotto, was natürlich unsinnig ist.«

»War Bellotto nicht der Neffe Canalettos?«

Tresky nickte.

»Aber Bellotto führte ebenfalls den Beinamen Canaletto. Das ist manchmal recht verwirrend in der Literatur. Daß die Warschauer Altstadt nur nach den Veduten Bellottos wiederaufgebaut wurde, wissen Sie. Wo ist er denn.«

Tresky kam mit ein paar Bänden an den Tisch zurück und setzte sich neben Erika auf das Sofa.

»Bitte, der Engel. Und hier, Augenblick noch ...«

Er hielt den geöffneten Duchamp-Band mit der Hand nieder.

»So dicht nebeneinander werde ich in Venedig die beiden Bilder natürlich nicht haben.«

Sie rückte ein wenig näher. Das Papier glänzte, sie hob das Buch leicht an. Es war so warm geworden. *Laß dich doch nicht für dumm verkaufen.* Treskys Zeigefinger fuhr über die durcheinanderpurzelnden Dreiecke der nackten Frau auf der Treppe. Erika nahm erleichtert wahr, daß diese Figur überhaupt nichts Sexuelles vermittelte. Sie schien mit immer steifer werdendem Kreuz die Treppe hinunterzusteigen, eine Kranke, die Mühe hat, das Gleichgewicht zu halten, mit den eckigen Bewegungen eines Menschen, der an multipler Sklerose leidet.

»Ja«, sagte sie. »Wirklich.«

Treskys Stolz auf seine Entdeckung spülte wie eine laue Welle auf sie zu, zog sich wieder zurück. Er zeigte ihr, nach welchem Prinzip sich die Falten im Kleid von Bellinis Engel ordneten, rührte dabei ungeniert an eine Sphäre von Ankleiden, Den-Körper-Verhüllen, die nur ihr zu gehören schien. Sie fühlte sich von ihm entdeckt, so, als habe er ihr zugesehen, wie sie ihre Strümpfe die Beine hinaufrollte. Tresky blätterte weiter.

»Venedig, Venedig«, sagte er. »Eine wunderbare Stadt. Gar keine Stadt. Ein ewiges Liebesverhältnis von Stein und Wasser und Licht, wie man sagt. Und Warschau? Warum kann man nicht so einfach fragen, was bedeutet Ihnen Warschau? Ich muß mir immer wieder den Alten Markt in Erinnerung rufen, wie ich ihn ja tatsächlich gesehen habe, im Nachmittagslicht, die Bellotto-Häuser so bunt wie vor zweihundert Jahren. Und trotzdem ruft das Wort *Warschau* in mir nur Schwarzweißfotos wach, zerlumpte, abgemagerte Menschen, die sich an eine Hausmauer lehnen oder auf dem Gehsteig liegen, wo sie in der vergangenen Nacht an Hunger gestorben sind oder an Typhus oder an Tuberkulose –«

Erika rückte ein wenig zur Seite. Ihr Knie drückte nun gegen Treskys Knie, oder seins gegen das ihre. Wenn sie nur ein wenig in ihrer Wachsamkeit nachließ, setzte an diesem Berührungspunkt ein großes Wogen ein. Es war nicht zu entscheiden, von wem dieser Austausch stärker ausging. *Sie geben keine Ruhe. Sie hören nicht auf. Der 19. April. Einen Tag vor Führers Geburtstag. Da mußte man Tacheles rejden mit ihnen.* Erika sah Klaus, wie er die Hände nach oben kehrte und abwägend spreizte. Wie das Grinsen ihm das Wangenfleisch nach oben schob. Wie er den Kopf nach links, nach rechts streckte, die Augenbrauen übertrieben hochzog. Wie er sich das Jiddische auf der Zunge zergehen ließ, dem Klang nachschmeckte, dem Bouquet der verfolgten Wörter.

»Was man dazusagen muß, das ist, daß dieser Aufstand natürlich eine Provokation war.«

»Wie meinen Sie das«, fragte Tresky und sah ihr nun voll ins Gesicht.

»Einen Tag vor dem Geburtstag des Führers ... das ist doch ...«

Tresky stieß ein seltsames Lachen aus.

»Ach so. Jaja. Die Juden besaßen doch tatsächlich die Geschmacklosigkeit, Hitler den Geburtstag zu vermiesen. Sie hätten sich weiter abtransportieren lassen sollen, bis eine angemessene Zeit verstrichen war und die Geburtstagsstimmung nicht mehr gestört werden konnte. Die wäre aber auch ohne den Aufstand nicht so übermäßig toll gewesen.«

»Nein«, sagte Erika und atmete hörbar ein.

»Hier«, sagte Tresky, »werde ich wohnen. Hotel Rialto, ein bißchen teuer, aber was solls? Es steht direkt neben der Brücke, und am Morgen, wenn Sie aufwachen und die Vorhänge aufziehen, sehen Sie die Menschen die Brücke herunterkommen. Knapp vor meinem Fenster, ehe sie zu mir ins Zimmer treten, machen sie eine Drehung und gehen die Treppe weiter. Das ist, als ob mir alle einen guten Morgen wünschen und mich dann doch in meiner heiligen Ruhe lassen. Zwischendurch das harte Aufschlagen der Räder auf jeder einzelnen Stufe, wenn ein junger Mann mit seinem Handwagen Zeitungen transportiert, oder Gemüse. Hier, in dieser Richtung müssen Sie sich den Bahnhof denken, aber das konnte Canaletto natürlich noch nicht wissen.«

Erika versuchte, sich nichts von ihrer Erregung anmerken zu lassen. Sie wollte die Antworten, die sich in ihr auftürmten, gar nicht zu Ende denken. Sie schaute auf Treskys Zeigefingernagel, diesen gepflegten, schön geschnittenen Nagel, ohne Hautfetzchen, ohne Schmutz. Keine Farbspuren. Er zeigte auf ein rotes Haus mit grünen Läden.

»Man schläft in diesem Hotel auf dunklen Laken«, sagte Tresky. »Übrigens bringt das die Formen schöner Frauen besonders gut zur Geltung. Kennen Sie die *Venus mit dem Spiegel*? Velazquez. Ein herrliches Bild. Früher, wenn ich ein Bild betrachtete, das in meinen Augen vollendet war, oder auch beim Anhören eines Musikstücks, in dem alles erfüllt war, hatte ich manchmal den Wunsch, *schön* zu sein. Ich wollte als schöner Mensch in der Nachbarschaft dieser Kunstwerke stehen und dazugehören.«

Tresky schaute sie von der Seite, von unten herauf an, mit einem traurigen Lächeln. Schwer zu sagen, war das ein glücklicher Verlierer, der vor langer Zeit eingesehen hatte, er würde seinen Ansprüchen nie genügen? Oder hatte er sich nicht doch manchmal, vielleicht nur ein einziges wichtiges Mal, aufgenommen gefühlt in die Welt, vor deren Strahlen er stand? Es mußte etwas gegeben haben, das ihn entschädigt hatte. Keine Ausflucht. Nichts, was er sich nur einredete. *Diese Krankheit gehört nicht zu mir!*

»Ihre Haare sind länger als beim letztenmal«, sagte Tresky. »Ich bin nicht blind. Auf irgendeine Weise erinnern Sie mich ein bißchen an Ingeborg, verzeihen Sie. Sie haben natürlich nichts damit zu tun. Es ist ganz und gar meine Sache. Jetzt, wie Sie so dasitzen und mich anschauen – ich will Sie nicht verletzen. Aber lassen Sie mich sagen, was mich an Ingeborg erinnert. Sie kam manchmal vom Friseur heim und sah mich so erwartungsvoll an, und ich bemerkte dann nur ihre geröteten Ohren, und in meiner Bosheit dachte ich, daß sie rote Ohren habe vor Eifer, schön zu sein. Dabei wußte ich doch, daß es von der Trockenhaube war.«

»War sie denn schön?«

»Nicht, wenn sie vom Friseur kam. Irgendwie habe ich es geschafft, sie immer wieder zu kränken. Ich war wie programmiert darauf, Ingeborg wehzutun. Steine zu werfen in dieses blaue Wasser, ihre Augen, diese großen erstaunten Augen: Wer liebt mich? Sie war wie jemand, der grade erst aufgewacht, aber noch nicht zum Denken gekommen ist. Sie forderte es geradezu heraus, daß man sie anstieß.«

Erika zog an ein paar Spitzen ihrer immer noch kurzen Haare. Wieder schien es ihr, als wüßte Tresky über sie Bescheid, als wäre er wie Klaus heimlich durch die Zimmer gerollt, an ihre versperrten Laden. Aber anders als Klaus hatte sich ihm alles geöffnet. Ihre Kleider waren lose über den Bügeln gehangen, und er hatte nur eine Falte Stoff in die Hand nehmen müssen und daran riechen. Das süße Wissen fiel ihr wieder ein ... aber das war etwas Fremdes, das sich zwischen sie und Tresky drängte, sie wollte damit in Ruhe gelassen werden ... Dieses Wissen, das Tresky von ihr hatte, machte seine Konturen weich.

»Haben Sie Ihren Mann jemals betrogen?«

Erika schüttelte den Kopf.

»Hatten Sie keine Gelegenheit dazu, oder war es überhaupt undenkbar?«

»Es war – niemand da«, sagte Erika.

»Hätten Sie denn ...?«

Erika schaute weg. Sie schüttelte wieder den Kopf, sie hörte gar nicht auf damit, sie radierte den Gedanken daran aus, bis nichts mehr davon zu sehen war außer der Mühe, ihn aus der Welt zu schaffen.

»Nein«, sagte sie. »Wie hätte ich Klaus das antun können? Wie hätte ich ihn so demütigen können?«

»Wie? Indem Sie es einfach getan hätten. Er hätte es ja nicht einmal wissen müssen. Oder hätte er es bemerkt? War er so einfühlsam, kannte er Sie so gut, daß er die Veränderungen wahrgenommen hätte?«

»Es wäre überhaupt nicht möglich gewesen, weil ich keine Zeit dafür gehabt hätte. Wie hätte ich plötzlich länger wegbleiben können? Es war alles genau geplant. Alles hatte seine Zeit. Da gabs nichts, was länger dauern durfte – außer vielleicht einmal ein Besuch beim Arzt. Oder ein Amtsweg.«

Tresky hatte sich zur Seite gesetzt und ein Bein untergeschlagen. Mit seinem Straßenschuh fuhr er unter dem Knie an der Hose auf und ab. Erika starrte auf den Schuh, die Hose. Sie fühlte sich plötzlich betrogen um das leichtfüßige Zusammenspiel von Kleidungsstücken, von Beigaben des alltäglichen Lebens, die einmal auch Liebesbotschaften vermitteln können. Sie sehnte sich nach den Kleidern eines gesunden Mannes. Sie begann mit ihrer falschen Perlenkette zu spielen, die Martha ihr eingeredet hatte, als sie in ihrer Boutique das neue Kleid für die Oper kaufte. Sie dachte an Treskys Termin. Er hatte ihn vielleicht erfunden, um einen Ausstieg zu haben. *Du mußt sagen, um fünf kommt der Notar. Oder sonst was. Sonst bleiben sie zu lange.*

»Und Sie?« fragte Erika. »Haben Sie Ihre Frau –?«

»Wollen Sie die Geschichte wirklich hören?«

»Ja.«

»Aber sie ist langweilig.«

Erika zuckte mit den Achseln.

»Und wir müssen etwas trinken dazu.«

Tresky stand auf und ging hinaus. Eine Tür wurde aufgemacht und wieder geschlossen. Erika lehnte sich erschöpft zurück. Das Kleid hatte bereits Falten vom Sitzen. Ihr Vertrauen zu Tresky kam und verschwand wie der Ton, den man im Gähnen zurücklocken will, wenn es einem das Ohr verschlagen hat. Sie überließ sich dem Druck der weichen Fäuste, die ihre Ohren in die Zange nahmen. Was war das zwischen ihr und Tresky anderes als ein großer, schillernder Irrtum? Eine ölig glänzende Seifenblase, die sich zwischen ihnen spannte und im nächsten Augenblick zerreißen konnte? Wie seine verführerischen Fragen, die schon so etwas wie Lebensvorschläge waren, auf dieser zarten Haut zu ihr glitten. Was er sagte, klang so süß und leicht, und dann blieb ein fremder Geschmack zurück.

Sie hörte die Spülung der Toilette. Eine Türe zuschlagen. Seine Schritte in die Küche. Er pfiff zu seinen Vorbereitungen. Er war gut gelaunt. Er war auf dem Weg zu ihr, um ihr etwas zu bringen. Sie saß in einer fremden Wohnung, in der das möglich war.

Erika befreite ihn von den zwei Gläsern, die er in eine Hand geklemmt hatte. Er hielt ihr die Flasche Weißwein hin, sie las das Etikett und nickte.

»Ich werde Ihnen nur das Ende der Geschichte erzählen«, sagte er. »Sie hieß Susanne und absolvierte ihr Probejahr als Kunsterzieherin an meiner Schule. Sie war zweiundzwanzig Jahre jünger als ich. Ich wußte plötzlich wieder, was das heißt: auf einen Anruf warten, sich ausrichten auf jemanden. Es ist alles so viel einfacher, wenn man beim Aufstehen am Morgen weiß, daß man den einzigen Menschen treffen wird, der einen wirklich interessiert. Man erzählt ihr den ganzen Vormittag im Geist schon, was passiert. Man erlebt eigens für sie etwas, damit man etwas hat, das man ihr erzählen kann. Die Worte für sie laufen einem im Mund zusammen.«

Er nahm einen Schluck und ließ ihn ein paar Sekunden kreisen.

»Es dauerte ungefähr ein Jahr. Ingeborg hatte keine Ahnung. Ich hatte ein Atelier draußen in Simmering, in einer miesen Gegend. Ein großer Dachboden, billig. Ich war schon sehr viel dort, ehe ich Susanne kennengelernt hatte. Manchmal fuhr ich gleich nach der Schule hinaus. Ingeborg wußte, daß ich dort meine Ruhe haben wollte. Wir hatten jahrelang versucht, uns über meine Arbeit zu einigen. Ich hielt das nicht aus, beim Malen gestört zu werden, wissen Sie – wenn Ingeborg in mein Zimmer kam, in dem ich malte, und mir etwas erzählen wollte, dann war ich unfähig zu sagen: Stör mich nicht. Ich hörte ihr zu mit dem Gesicht eines Toten und wünschte nur, sie möge verschwinden. Sie redete und redete, und ich versuchte, die nächsten Striche, die ich hatte machen wollen, nicht zu vergessen. Das ging, bis sie mich mit einem ›Also!‹ erlöste und unser beider Qual ein Ende machte. Sie muß es ja auch gespürt haben ...«

»War das nicht umständlich, wenn alles so weit entfernt voneinander war?«

»Das war mir egal. Mir war es wichtiger, meine Ruhe zu haben. Wenn ich aus der Schule ging, fiel meine Lehrerhaut von mir ab.«

Tresky schüttelte sich.

»Ich mußte nur einen großen Schritt über diese Haut machen, die rund um mich auf dem Boden lag, dann war ich frei.

Verstehen Sie? Als Susanne auftauchte, wurde es für eine Weile anders. Aber ich wollte Ihnen ja sagen, wie es geendet hat. Sie werden mich auslachen, aber das macht nichts. Wir fuhren mit einer Abschlußklasse zu einer Ausstellung ins Waldviertel, auf die Rosenburg. Weil das Wetter so schön war, machten wir noch eine Wanderung. Wir waren alle so fröhlich ... der Bus-Chauffeur hatte nichts dagegen, daß wir später zurückfahren würden. Alles fügte sich so schön. Als wir endlich nach Wien zurückkamen, wollten ein paar Schüler noch tanzen gehen. Susanne war begeistert. Ich wollte nicht mit, mich aber auch noch nicht von Susanne verabschieden. Also stieg ich brav die Treppe zu diesem stampfenden, tobenden Lokal hinunter. Susanne drückte mir ihre Jacke in den Arm und verwandelte sich in eins dieser zuckenden Geschöpfe. Mir wurde plötzlich bewußt, daß die Schüler sie alle duzten. Und dann sah ich, wie sie mit Thomas tanzte, einem großen dunklen Gigolo, der ›Renaissance‹ nicht richtig schreiben konnte. Ich sah, wie er mit seinem ganzen Körper Nachrichten zu Susannes Körper funkte, wie er dieses grauenhafte rote und blaue und gelbe Licht, das herumgeisterte, liebkoste mit Bewegungen, die ich noch nie gesehen hatte. Und wie er damit Susannes Körper meinte. Und wie Susanne die Arme hob in ihrem ärmellosen kleinen Kleid und mit geschmeidigen Ellbogen Beifall klatschte, wie ihre Hände glücklich ineinanderfielen. Ich wollte, daß Susanne mir auch so gehorchte.«

Erika atmete tief durch.

»Langweile ich Sie schon?«

»Nein«, sagte sie. »Das Mädchen muß ganz schön zornig auf Sie gewesen sein, wenn es Sie so lächerlich gemacht hat.«

»Zornig? Aber sie hatte doch keinen Grund dazu. Ich war doch verrückt nach ihr.«

»Aber Sie waren so viel älter als sie. Sie sah ihre eigene Jugend verschwinden in allem, was Sie schon hinter sich hatten.«

Tresky lehnte sich weg.

»Sie hat mir nie gesagt, warum. Sie kam am nächsten Tag ins Atelier und verabschiedete sich. Sie hatte ein Auto. Dieses Starten ihres Wagens, als sie wegfuhr. Es ist eins der schlimmsten Geräusche. Wissen Sie, was ich danach machte? Ich fuhr nach Hause und schlief mit Ingeborg. Nicht aus Reue. Ich wälzte die Glut aus, ich wälzte an Ingeborg diesen Schmerz aus.«

Er bot Erika eine Zigarette an, nahm sich selber auch eine.

»Nicht schlecht«, sagte er. »Nur fünf Zigaretten seit dem Essen. Mich gehaßt? Für mein Alter? Sie gab mir immer das Gefühl, mein Alter sei etwas ganz Kostbares. Ich war 47. Sie schmeichelte mir, sie sagte mir: Wenn du fünfzig bist … und dann hatte ich immer das Gefühl, sie war so stolz darauf, einen richtigen erwachsenen Mann für sich interessiert zu haben. Ich hatte das Gefühl, ihr Juwel zu sein.«

Sie zogen beide an ihren Zigaretten und schwiegen. Erika überkreuzte die Beine. Sie stieß an den Tisch, griff nach dem Glas. Langsam begann sich der Raum an sie zu gewöhnen.

»Muß man eine Lebensphilosophie haben?« fragte Tresky. »Als Susanne aus meinem Leben verschwunden war, wußte ich nicht mehr weiter. Da wäre es gut gewesen, ein System zu haben, das einen übernimmt. Ich kam mir so faul vor, ich hatte nicht vorgesorgt.«

»Ja«, sagte Erika. »Das stimmt. Mit einem System ist es einfacher. Man muß nicht alles selber herausfinden. Man hat eine Reihe von Antworten, und das macht oft schon das Fragen überflüssig.«

Tresky runzelte die Augenbrauen und lachte.

»Wissen Sie, wie Sie mir vorkommen? Wie eine Walküre, bei der unter der Rüstung ein Stück Unterkleid hervorsieht.«

Erika warf einen Blick auf ihren Rocksaum. Sie machte ein paar unsichere kleine Laute, die ein Husten sein konnten, aber bald hatte sie keine Angst mehr vor ihrer Stimme. Tresky stützte sie mit seinem Lachen, wie man einen Betrunkenen gerade hält. Dann hörte er unvermittelt auf zu lachen.

»Was für eine sind Sie?« fragte er.

»Was meinen Sie?«

In Erika raste etwas zu Boden, wie ein Lift, dessen Seile gerissen waren. Tresky konnte sie doch nicht allen Ernstes fragen, ob sie eine Prostituierte sei?

»Was Sie da vorhin über den Aufstand im Warschauer Ghetto sagten – war das ernst gemeint?«

»Was habe ich denn gesagt? Daß es eine Provokation war? Das muß man doch sagen können.«

Sie schaute ihn an. Etwas in seinem Gesicht machte sie wehrlos. Daß er ihr zuhörte. Daß er sie auch anschaute.

»Eigentlich sollte ich es besser wissen. Man darf bestimmte Dinge heute eben nicht laut aussprechen. Wenn man heute das Wort ›Vaterland‹ in den Mund nimmt oder ›Heimat‹ oder ›Ehre‹ –«

»Ja? Was ist dann?«

»Dann ist man ein Aussätziger. Heimatliebe, Ehre, Treue – das gilt doch heute alles nichts mehr.«

»Sie sagen immer so feindselig ›heute‹!«

»Aber so ist es doch! Heute wird alles verdreht! Die Deutschen müssen sich noch immer schuldig fühlen, das hört nie auf, sie geben keine Ruhe!«

Tresky stand auf.

»Haben Sie gesagt: die Deutschen, oder: wir Deutsche?«

»Die Deutschen. Aber ich hätte genausogut ›wir Deutsche‹ sagen können. Für mich ist da kein großer Unterschied, wenn Sie es wissen wollen.«

»Nein, ich will es nicht wissen«, sagte Tresky.

Er ging ein paar Schritte durch den Raum, blieb stehen. Ohne zu ihr hinzusehen, sagte er dann:

»Wir sprachen von Hitlers Geburtstag. Ich hatte jahrelang das Vergnügen, mich mit einem Kollegen an der Schule herumzuschlagen, der pünktlich am 20. April für die Kollegen Kuchen bringen ließ. Und wenn man ihn nach dem Anlaß fragte, bekam man zur Antwort: ›Weil das Leben Freude macht. Weil der Frühling endlich da ist.‹«

Er drehte sich zu Erika um.

»Ich kenne das alles zur Genüge. Ich kenne diese Leute, glauben Sie mir. Ich kenne sie mit ihrem verbalen Exhibitionismus, der sie immer wieder dazu treibt, eins dieser Reizwörter auszusprechen, einem eins dieser schmutzigen Wörter hinzuhalten – *Wir haben fünf Schüler aus Niederdonau. Das Klassenzimmer ist zu klein, wir brauchen mehr Lebensraum. Nur keine unchristliche Hast.*«

Tresky stöhnte. Auf Erikas Wangen standen rote Flecken. Ihr Herz peitschte stumpf und unnachgiebig. Sie spürte, wie es über ihre Mundwinkel zuckte, wie sich etwas über die Wangen stahl, schnell, wie es in ihren Augen zu brennen begann, ein nasses, heißes Feuer.

»Ich weiß nicht, ob Sie das alles nur nachplappern, was Sie da von sich geben. Ich will Ihnen nicht zu nahetreten. Ich kann mir gut vorstellen, daß Ihr Mann einer dieser alten Nazis war, der auf Form hielt, blendende Manieren hatte, höflich war. Sie fallen wahrscheinlich auf Höflichkeit herein.«

»Höfliche Menschen sind mir jedenfalls lieber als unhöfliche«, sagte Erika und stand nun auch auf.

»Sie müssen zu den Göttern«, sagte Tresky.

Inhalt